AF186470

Tucholsky   Wagner   Zola   Scott   Schlegel
     Turgenev   Wallace   Fonatne Sydow   Freud

     Twain   Walther von der Vogelweide   Fouqué   Friedrich II. von Preußen
          Weber   Freiligrath
                                                        Frey
Fechner   Fichte   Weiße Rose   von Fallersleben   Kant   Ernst
                                                  Richthofen   Frommel
     Fehrs   Engels   Fielding   Hölderlin
                Faber   Flaubert   Eichendorff   Tacitus   Dumas
     Feuerbach   Maximilian I. von Habsburg   Fock   Eliasberg   Ebner Eschenbach
                          Ewald   Eliot   Zweig
          Goethe   Vergil
Mendelssohn   Balzac   Shakespeare   Elisabeth von Österreich   London
          Trackl   Lichtenberg   Rathenau   Dostojewski   Ganghofer
Mommsen   Stevenson   Tolstoi   Doyle   Gjellerup
       Thoma   Lenz   Hambruch
Dach   Verne   von Arnim   Hägele   Hanrieder   Droste-Hülshoff
     Reuter   Hauff   Humboldt
   Karrillon   Garschin   Rousseau   Hagen   Hauptmann   Gautier
       Damaschke   Defoe   Hebbel   Baudelaire
                    Descartes   Hegel   Kussmaul   Herder
Wolfram von Eschenbach   Dickens   Schopenhauer   Rilke   George
          Darwin   Melville   Grimm Jerome   Bebel
   Bronner   Proust
       Campe   Horváth   Aristoteles
Bismarck   Vigny   Barlach   Voltaire   Federer   Herodot
            Gengenbach   Heine
   Storm   Casanova   Lessing   Tersteegen   Grillparzer   Georgy
       Chamberlain   Langbein   Gilm
Brentano   Gryphius
   Strachwitz   Claudius   Schiller   Lafontaine
       Katharina II. von Rußland   Schilling   Kralik   Iffland   Sokrates
                    Bellamy
          Gerstäcker   Raabe   Gibbon   Tschechow
Löns   Hesse   Hoffmann   Gogol   Wilde   Gleim   Vulpius
   Luther   Heym   Hofmannsthal   Morgenstern
       Roth   Heyse   Klopstock   Klee   Hölty   Goedicke
Luxemburg   Puschkin   Homer   Kleist
          La Roche   Horaz   Mörike   Musil
   Machiavelli   Kierkegaard   Kraft   Kraus
Navarra   Aurel   Musset   Moltke
   Nestroy   Marie de France   Lamprecht   Kind   Kirchhoff   Hugo
                         Laotse   Ipsen   Liebknecht
   Nietzsche   Nansen   Ringelnatz
            Marx   Lassalle   Gorki   Klett   Leibniz
   von Ossietzky   May
                vom Stein   Lawrence   Irving
   Petalozzi   Platon   Knigge
       Sachs   Pückler   Michelangelo   Kafka
            Poe   Liebermann   Kock
       de Sade   Praetorius   Mistral   Zetkin   Korolenko

Der Verlag tredition aus Hamburg veröffentlicht in der Reihe **TREDITION CLASSICS** Werke aus mehr als zwei Jahrtausenden. Diese waren zu einem Großteil vergriffen oder nur noch antiquarisch erhältlich.

Symbolfigur für **TREDITION CLASSICS** ist Johannes Gutenberg (1400 — 1468), der Erfinder des Buchdrucks mit Metalllettern und der Druckerpresse.

Mit der Buchreihe **TREDITION CLASSICS** verfolgt tredition das Ziel, tausende Klassiker der Weltliteratur verschiedener Sprachen wieder als gedruckte Bücher aufzulegen – und das weltweit!

Die Buchreihe dient zur Bewahrung der Literatur und Förderung der Kultur. Sie trägt so dazu bei, dass viele tausend Werke nicht in Vergessenheit geraten.

Eine Phantasieliebe

Karl Gutzkow

Impressum

Autor: Karl Gutzkow
Umschlagkonzept: toepferschumann, Berlin

Verlag: tredition GmbH, Hamburg
ISBN: 978-3-8424-0764-0
Printed in Germany

Ziel der TREDITION CLASSICS ist es, tausende deutsch- und
fremdsprachige Klassiker wieder in Buchform verfügbar zu
machen. Die Werke wurden eingescannt und digitalisiert. Dadurch
können etwaige Fehler nicht komplett ausgeschlossen werden.
Unsere Kooperationspartner und wir von tredition versuchen, die
Werke bestmöglich zu bearbeiten. Sollten Sie trotzdem einen Fehler
finden, bitten wir diesen zu entschuldigen. Die Rechtschreibung der
Originalausgabe wurde unverändert übernommen. Daher können
sich hinsichtlich der Schreibweise Widersprüche zu der heutigen
Rechtschreibung ergeben.

Karl Gutzkow

Eine Phantasieliebe

Es ist vergebens! Traumerguß –
Das Säuseln einer Linde!

Und was sie träumet – ach, es muß
Verwehen in die Winde!

I

Wer in Italiens gegenwärtigen Kunstzuständen heimisch ist, wird Gelegenheit gehabt haben, dem unbestrittenen Ruhm einer Malerin zu begegnen, der deutschen Gräfin Imagina von Wartenberg.

Sie ist nicht etwa in den Galerien von Mailand, Florenz, Rom und Neapel anzutreffen, wo sie, wie reisende Engländerinnen, durch ihre Staffelei die berühmtesten, von ihnen kopierten Gemälde dem Publikum unzugänglich macht: vielmehr beruht ihr Ruf auf Originalität, auf Ursprünglichkeit und freier, unmittelbarer, nicht nachahmender Eingebung ihres Talents. Ihre Erfindungen sind allgemein gewürdigt. Und wenn sie auch bis zur Stunde noch in der Farbe zu keiner so großen Meisterschaft hat vordringen können, wie sie in der Zeichnung vorzüglich ist, so bewegt sich gerade ihre Stärke in jener Mittelsphäre zwischen Farbe und Kreide, wo man die bunten Reize der erstern nicht mehr vermißt, ja sie für eine Entstellung des Ahnungs- und Beziehungsreichen halten würde. In Blätterwerk, Arabesken, phantastischen Gruppierungen, hat diese zarte weibliche Hand so viel Liebliches hervorgebracht, daß man nur die sonderbare Scheu und Ängstlichkeit beklagen muß, mit welcher die deutsche Künstlerin ihre Arbeiten der Welt verschließt und nur selten, nur vor Personen, die ihr vertraut geworden sind, zu bewegen ist, ihre reichen, künftiger Bewunderung vorbehaltenen Mappen zu öffnen.

Gibt schon dieser Reiz des Geheimnisvollen der jungen schönen Frau einen doppelten Zauber, so steigert er sich vollends zum Märchenhaften, wenn man vertraut wird mit dem Lebensgang einer noch so jungen Existenz. Wenigen nur mag diese Gunst des Zufalls zuteil geworden sein. Daß Imagina von ihrem Gatten, dem Grafen von Wartenberg, geschieden ist, weiß alle Welt. Wegen einer an ihm begangenen Untreue behaupten einige, wegen eines Mißverständnisses andere. Das wahre Sachverhältnis ist in Wahrheit ein völlig anderes, wie die nachfolgenden Blätter beweisen werden. Nur so viel schicken wir voraus, daß die Annahme, beide Ehegatten wären nach einer auffallend kurzen Ehe, da Imagina katholisch und der Graf lutherisch ist, aus religiösem Zwiespalt getrennt worden, ganz in der Luft schwebt.

Imagina ist die Tochter des Freiherrn von Unruh, eines königlich
preußischen Landrats in der Provinz Schlesien, Kammerherrn, Ka-
pitäns außer Diensten und Ritters mehrer Orden, nicht verwandt
mit jener Hauptlinie der Unruh, die sich mit ihren verschiedenen
Verästelungen in Zedlitzens »Preußischem Adelslexikon« verzeich-
net findet. Der Kapitän war seit manchen Jahren Witwer und hatte,
noch während er in der aktiven Armee stand, sein einziges Kind
einem Frauenkloster in der romantischen Grafschaft Glatz zur Erziehung überlassen, dann aber, als er nicht zur Landwehr als Major
übergehen mochte, sondern die »Zivilversorgung« einer Landrats-
stelle vorzog, sein Kind zu sich kommen lassen und sie so gut erzogen, als es nach den Grundsätzen eines alten graubärtigen Säbel-
knopfes für »Gott, König und Vaterland« in den alten Tagen, wo es
dem Militär noch sehr an Bildung mangelte, möglich war.

Freilich ergaben sich dadurch schroffe Gegensätze, was die Ge-
sinnung anbelangt. Aber die Äußerungen dieser Gesinnung selbst
betreffend, so war der Landrat damit einverstanden, daß Imagina
auch ihrem Namen, Freiin von Unruh, durch die Tat Ehre machte.
Was das Kind Wildes und von der Ordnung des Herkömmlichen
Abweichendes trieb, war ihm in dem Falle, daß es nur mit seinen
Gendarmen, den berittenen und unberittenen, in keine kriminelle
Berührung führte, immer willkommen, wenn er auch selten den
Sinn und die Absicht des wunderlichen Wesens, dessen Natur ausschließlich zum Träumerischen und Schwärmerischen hinneigte,
erkannte. Der Landrat fühlte die Ironie nicht, daß er bei seinen
Conduiten-,[1] Mortalitäts- und Moralitätslisten, bei seinen Viehseu-
chen- und Markttagevorschriften, seinen Paßreglements und Schub-
transporten ein Kind erzog, das durch seine polizeiliche Ordnung
wie ein Komet fuhr und die Poesie selbst war. Was ihm an jedem
andern Bewohner seines Landratsbezirks würde verbrecherisch
erschienen sein, als Störung mindestens der öffentlichen Ruhe und
des Staatsgeleises, das lockte ihm bei seinem Kinde Tränen des
heftigsten Gelächters hervor, Tränen, die ihm um so teurer zu stehen kamen, als er ihnen das größte, schmerzlichste Opfer seines
Daseins bringen mußte, das des dampfenden Meerschaumkopfes,
den er so lange, als er lachte, aus dem Munde nehmen mußte, wel-

---

[1] Personal- und Qualifikationsberichte über Offiziere und Beamte.

ches letztere er kaum vor dem Oberpräsidenten tat, wenn dieser auf Inspektionsreisen von Breslau bei ihm vorsprach.

Aus dem reichen, träumerischen Jugendleben dieses Kindes wollen wir nur wenig Ereignisse hervorheben. Imagina sollte im dreizehnten Jahre zur Vollendung ihrer Erziehung, oder richtiger gesagt zum Beginn derselben und zur endlichen Zähmung ihrer Verwilderung, nach Breslau in eine Pension kommen. Da sie vor dieser Reise aber Furcht hatte, so machte es den Bedienten und Gendarmen ihres Vaters schon vor dem Tage der Abreise nicht wenig Mühe, das täglich flüchtig gewordene Mädchen aufzusuchen. Da man die Allgekannte in Wald und Feld immer wieder entdeckt hatte und mit militärischer Begleitung, natürlich immer im Scherz und mit heiterstem Anstand und einem tausendfachen: »Aber Frölen, aber Frölen!« wieder heimführte, so flüchtete sie sich zuletzt in eines ihrer Lieblingsverstecke, in die Gruben der Bergleute. Die Gegend im schönsten Teil des schlesischen Gebirges war reich an ergiebigen Schachten. Der Bergbau stand unter des Landrats besonderer Aufsicht. Die Grubenleute, die Unter- und Obersteiger waren in Bischofswalde, seinem Wohnort, heimisch, und jeder kannte Imagina, die dann wie ein Bergmannsknabe in weißen Pumphöschen, mit einem saubern kleinen Mützchen über die blonden Locken, kräftigem Fausthandschuh an der Rechten der zierlichen Hände, eine Laterne in der Linken, zu Schachte fuhr und stundenlang in den größten Kammern verweilen konnte, bis sie einige hundert Klafter tiefer auf einem kleinen Rollwagen wieder ans Tageslicht kam. Aus einer dieser Kammern, wo sie unter glitzernden darin aufgehäuften Metallseltenheiten, hinter einer Marmortafel, die zu Ehren des ersten Bebauers dieser ergiebigen Erzschichten dort aufgestellt war, einschlummerte, mußte sie erst hervorgeholt werden, um endlich den Wagen zu besteigen, der sie in die Pension führte.

Imagina glaubte alles, was die Bergleute von Schauerlichkeiten aus dem unterirdischen Reiche der Gnomen erzählten. Das aber, was sie an diesem wichtigen Tage, der einen Abschnitt ihres Lebens bildete, selbst gesehen haben wollte, übertraf noch die Geschichten selbst des ältesten der Steiger, der so vieles schon da unten gesehen hatte, so vieles unten vorauserlebte, was oben später erst zutraf. Imagina hatte deutlich gesehen, daß sich vor ihr eine weiche Tonschieferlage öffnete. Deutlich wußte sie, daß sie sich in der spärlich von ihrem Flämmchen erleuchteten unterirdischen Friedrich-Wilhelmskammer von ihrem Sitz, einem großen Basaltsteine, erhoben hatte und in diese Öffnung eingetreten war. Da war sie eine Weile gewandelt, langsam, heimlich. Die Wände zur Rechten und Linken wurden immer weiter und höher, blendender die Metalle, reicher die Adern, die quer über die Träumende hinwegliefen. Dann ward es heller und immer heller, und plötzlich fiel ein bläuliches Licht von oben hernieder, das bei weitem magischer, viel reiner schimmerte als oben der blaue Glanz des Himmels. Sie befand sich in einer Halle von wunderbarer Schönheit, wie es schien, in der Hauptsilberkammer des ganzen Gebirges. Die edelsten Erze hingen wie in Tropfsteingebilden von der hohen Decke, und von den schimmernden Metallblumen kam gerade, wie ihr schien, dieser blaue Glanz, der so tief ins Herz wie ins Auge stach. Sie zitterte vor wonnigem Weh. Diese Pracht hatte ihr sonst nur – im Traume möglich geschienen. Wie erstaunte sie erst, als ihre Augen immer heller und heller sahen und sich die Nebel weghoben wie von einem goldenen Throne, auf welchen sich ein Greis setzte mit silberflutendem Barte, diamantener Krone und flimmernd rieselndem Gewande. Das wußte sie gleich: das war der König Kobalt, von welchem sie schon so vieles erfahren hatte, dessen ganze Lebensgeschichte, Leiden, Freuden, Kämpfe und Siege sie kannte, mehr als man von Rübezahl weiß, dem Geist des Riesengebirges, der von dem Innern des Berges ausgeschlossen ist. Hier unten herrschte König Kobalt mit seinem Minister Nickel, den sie ebenfalls an dem Throne sah. Es war ein ganz klein Männchen, rötlichweiß, die Feder hinterm Ohre und mit vielen glänzenden Orden auf der Brust. Aber der blaue Glanz, der alles erhellte, der kam nicht von oben, nicht von unten, sondern der strahlte geradezu vom König Kobalt selbst aus, am meisten aber aus seinen himmlischblauen, ganz azurklaren Augen. Die Freude, die Lust, das bebende Entzücken dieses Anschauens dauerte leider nur zu kurz für Imagina. Denn bald ertönte ein dumpfes Rollen von fernher, wie ein anziehendes Gewitter nach langen, schwülen Sommertagen. Die Schläferin hielt sich an der Wand der sich verdunkelnden Halle fest, Blitze zuckten aus Öffnungen, die man nicht sah, aber hinterdrein rissen furchtbare Donner die Wände auf, und ganz düstere Abgründe, dunkelrote und gelbe Schlünde öffneten sich, und der Hof des Königs Kobalt mit seinem Minister Nickel und allen Geheimschreibern und Untertanen erglänzte nun ebenso feuerrot wie vorhin im lieblichsten Blau. Jetzt erst im grellroten Lichte konnte sie noch die Tausende von Zwergen und Geistern, die dem König Kobalt dienten, unterscheiden. Alle schwiegen feierlich gespannt. Denn im Hintergrund des gewaltigen Saales sah man ein Grauenbild eben aus der Tiefe auftauchen. Imagina wußte, wer dieser finstere Riesengeist mit einem Dreizack statt des Szepters und einer Rubinenkrone auf dem gelben Haupte war. Die qualmenden Dämpfe, die aus der Tiefe stiegen, hinderten sie nicht, den Fürsten der Hölle zu erkennen, der mit höhnischer Wut den König Kobalt und seinen Minister Nickel begrüßte. Doch blickten diese mit ruhiger Würde auf den fletschenden Fürsten der Hölle, der wie auf einer Muschel inmitten schäumender Gewässer saß. Diese Gewässer waren siedendheiß und spritzten dampfend empor wie aus einem tiefverborgenen Kessel. König Kobalt griff mit stillem Ernst in ein goldenes Kästchen, das ihm die Zwerge kniend darboten, und nahm kleine Pülverchen aus diesem Kästchen und schüttete sie in die glühenden Gewässer. Davon zischten sie auf, verbreiteten stärkende Dämpfe und brachen sich plötzlich sanft wallend Bahn durch die Öffnungen jener Schlucht, wo noch immer der Fürst der Hölle thronte. Nickel murmelte bei jedem Pulver, das König Kobalt aus dem goldenen Kästchen in die heißen Höllenwogen schüttete, den Namen von Städten, die Imagina bei ihrem bißchen Geographie dennoch schon gehört hatte. Als das hineingeworfene Pulver einen Schwefeldunst verbreitete und die davon geschwängerte Woge nach Westen durchbrach, murmelte Nickel den Namen der Stadt Aachen. Beim Geruch von salzsaurer Talkerde murmelte er: Baden-Baden. Als es nach einem neuen Pulver siedend aufzischte und Blasen warf, die den Geruch von Magnesia verbreiteten, vernahm Imagina deutlich den Namen Wiesbaden. So nacheinander hörte das wunderliche Mädchen in seinem Traum Karlsbad, Teplitz, Pfäffers und, als die Wogen sich abkühlten, Kissingen, Homburg, Pyrmont und viele andere, die ihr Gelegenheit gaben, durch König Kobalt und seinen Minister Nickel nützliche geographische Kenntnisse zu sammeln. Als sich die wilden Wasser verlaufen hatten, schickte sich auch der Höllenfürst an, sich mit rollendem Donner zu entfernen. Schon hatte er seine auffallend schöne und weiße Hand an seine Krone gelegt, um sich dem König Kobalt mit einem ironischen Lachen, das weit mit unzähligen Echos in den Bergen widerhallte, zu empfehlen, als der blaue Fürst sich von seinem Throne erhob und mit leiser Stimme »Halt!« rief. Dies »Halt!« eines guten Wesens wirkte soviel als alles schreckliche Gepolter eines bösen. Der Fürst der Hölle antwortete ehrerbietig und verwundert, was dem Könige Kobalt heute noch gefällig wäre. Dieser antwortete mit leidender, aber ruhiger Stimme (Imagina behauptete später, es ganz so gehört zu haben) folgendes:

»Fürst der Hölle, seit Jahrtausenden habe ich nun dein böses Treiben leidlich gesegnet und den Menschen auf der Erde einen schwachen Ersatz für deine Umtriebe gegeben, die ich leider befördern mußte. Du sendest die Gewässer der Hölle aus tiefen Bergkesseln in die Höhen und lockest den Abschaum der Menschheit an jene Stellen, wo deine Höllenarme auf den Erdenrand hervorbrechen, um durch die bösen Menschen die guten zu verführen. In den Badeörtern (bains oder bagni, ergänzte der diplomatisch gewandte Nickel) hausest du mit allen deinen bösen Kräften und lockest die Seelen in das Garn des ewigen Verderbens. Spieltische baust du auf, um die sich versammeln von Ost und West und Nord und Süd alle die, welche nur zu geneigt sind, das Schicksal für eine blinde Eingebung und kokette Laune des Zufalls zu halten. Mit unseren Metallen, mit den edelsten, verwirrst du die Menschenseelen, daß sie nur noch auf den Klang von Gold und Silber, nicht auf den Wohllaut ihres Gemütes hören. Geld ist leider der Ausdruck des Geltenden im Menschen, wie einmal die Erde oben geworden ist. Ist erst dieser moralische Halt schwankend, dann lassen auch alle anderen Bänder nach, welche die Sterblichgeborenen an Sitte und Tugend binden. Ehre wird weggeworfen oder auf eine lächerliche Spitze getrieben. Nach Schwertern wird gegriffen und gemordet. Die eheliche Treue ist nirgend gefährlicheren Proben ausgesetzt als in den Bädern, nirgend werden Verbindungen, die für das Leben dauern sollen, leichtsinniger geschlossen, nirgend gewissenloser wieder gelöst. Ein Sehnen und Schmachten nach diesen Tummelplätzen deiner Künste hat sich des ganzen jetzt oben an der Zeitenuhr aufgezogenen Jahrhunderts bemächtigt. Was nur Verderbliches ins Menschenleben eingreift (Nickel, der gemäßigt freisinnig war, bemerkte auch etwas von den Kongressen), geht von deinen hier heißen, dort abgekühlten Höllenarmen aus, die ich in meiner schwierigen Stellung als Herrscher des Zwischenreiches, ich, König Kobalt, dessen Dasein nur von höheren Schutzmächten garantiert ist, befördern muß durch meine segenbringenden Metalle. Oh, wie schmerzen mich diese Gesundheitspulver, die nur zur Anlockung der leidenden Menschheit in deine Kreise dienen müssen! Oh, wie fluche ich dir, daß diese guten und heilenden Kräfte nur den Zauber deiner glühenden Fangarme vermehren müssen!«

Imaginen – die ihren Vater oft von polizeiwidrigen Spielhöllen hatte reden hören und durch den Obersteiger die Natur der Heilquellen kannte – war es, als wenn der Fürst der Hölle darauf mit einer französischen gleichgültigen Phrase erwidert hätte, die sie auch nur wenig, trotz ihrer häuslichen Meidingerschen Selbstunterrichtsübungen, verstand.

Der gute König seufzte und fuhr fort: »Mag dies zwischen mir und dir ein Höherer entscheiden! Heute aber, Fürst der Hölle, verlang ich für die jahrhundertjährigen Dienste, die ich dir leistete, eine Gegengefälligkeit. Denn wisse, mein jüngster Sohn, Prinz Wismut, ist so weit herangereift, daß ich gesonnen bin, ihn auf die Oberwelt zu seiner ferneren Entwicklung zu schicken. (Imagina zuckte bei dieser Stelle, weil sie an ihre Pension dachte.) Menschlich wird er fühlen, menschlich leiden, wie dir bekannt ist, der du selbst so oft irdische Gestalt angenommen hast, um große Menschen, die, wie zum Beispiel Doktor Faust, durch die Umstände nicht zu bezwingen waren, persönlich zu verführen. Prinz Wismut wird, wie ich ahne und wie es seine metallische Natur mit sich bringt, nirgend lieber weilen als in den ewig verdammten Badeörtern, wo mein graues Haupt in Sorgen lebt, ihn von dir und deinen höllischen Geistern bedroht zu wissen. Wenn ich meinen teuern Sohn von mir gebe und ihn entartet wieder hier unten begrüßen müßte! Gib mir ein Zeichen deiner Dankbarkeit! Was willst du tun, um meinen Sohn zu retten?« – Der Fürst der Hölle verlangte das Signalement des jungen Prinzen. – »Nicht eher zeig ich ihn dir, bis du mir ein Unterpfand seiner sichern Erdenbahn gibst!« lautete des blauen Königs Antwort. Da räusperte sich der finstere Dämon in der immer dunkler werdenden Höhle und sagte: »Laß ihn ziehen! Weil du meine Bäder beschirmst und mir zu meinen verführerischen Taten daselbst durch chemische Bestandteile dienst, so will ich dir Bürgen geben für das Wohl deines Sohnes. Welche von meinen Geistern begehrst du als Unterpfand?« – »Gib mir zu Bürgen für meinen

Sohn die sieben Todsünden!« sagte der für Imagina gut katholische König.

Ein fürchterlicher Schlag begleitete die Erwähnung dieser vorzüglichsten Gruppe aller Engel des Höllenreichs. Satan nickte: »Es sei!« Und in demselben Augenblick sah Imagina die Wand sich öffnen, und mitten aus einem Glanze, wie von durchsichtigen Topasen, mitten aus dem Schlinggewächs silberner Wurzeln und Ranken trat ein Jüngling von bleicher Farbe, in schwarzem altdeutschem Kleide, mit offenem Halse, eine Studentenmütze von rotem Sammet und mit silbernen Troddeln auf den langen braunen Locken, ein Jüngling, so sanft, so lächelnd, so hoheitsvoll.

Mehr hatte Imagina nicht mehr sehen, mehr nicht vernehmen können; denn gerade als Minister Nickel die Feder eintauchte, um mit der Hölle den Kartell[2] einer Auswechselung des Prinzen Wismut, der ganz einem jungen Grafen Henckel von Donnersmark, einem Prinzen Carolath glich, gegen die sieben Todsünden niederzuschreiben, da fand sich unsere Erlauscherin der Berggeheimnisse wieder auf dem etwas verlegenen Sofa ihres Vaters, der sie mit einigen Schock Donnerwettern aus ihrer elementarischen Welt aufschreckte und behauptete, man hätte sie schlafend aus dem Friedrich-Wilhelmsschacht ans Tageslicht gebracht. Der Wagen, der sie nach Breslau führen sollte, war schon gepackt. Der Kutscher Andres schwang die Peitsche, und der Gendarm Fritze, der in Breslau eine Meldung beim Polizeipräsidium zu machen hatte und sich ein neues Pferd kaufen wollte, weil er sein altes mit Vorteil an einen Gutsbesitzer verhandelt hatte, strich sich schon seit einer Stunde ungeduldig den Knebelbart, denn er sollte die Tochter seines Landrats als Sauvegarde[3] in die Erziehungsanstalt einer Madam Milde begleiten. Als sie von der alten Haushälterin, von allen männlichen und weiblichen Dienstboten und besonders den guten Bergleuten mit Tränen entlassen, von ihrem Vater (der seine Rührung dadurch verbarg, daß er immer nur rief: »Na, ich seh dich bald in Breslau – na, ich seh dich bald in Breslau!«) mit einem einzigen Kuß gesegnet, neben dem Gendarmen Fritze saß, konnte sie nicht begreifen, wie sie so plötzlich aus dem Reiche des Königs Kobalt in die preußische

---

[2] Vertrag

[3] Schutzwache

Wirklichkeit versetzt war. Nur die heiligen Bilder und Kapellen am Weg, vor denen das fromm katholische Mädchen nie den andächtig verneigenden Gruß unterließ, machten ihr möglich, sich von dem, was sie erlebt hatte, endlich zu sammeln.

II

So klar und zusammenhängend, wie vorhin erzählt, stand allerdings nicht alles im Gedächtnis der mit einem so merkwürdigen Traume Ausgezeichneten gleich beieinander. Erst spätere Betrachtung ergänzte die Einzelnheiten. Oft sagte sie sich: Alles, was ich sah, war wirklich, nur der Prinz Wismut ... da stockte sie. Denn das konnte auch allenfalls der erste Student gewesen sein, der ihr auf einer Gebirgswanderung ausnehmend gefallen und den nun die Phantasie in den Schacht verlegt hatte.

Nachdem einige Stunden des trägen Dahinfahrens und Herabrollens von den Gebirgshöhen verflossen waren und der Gendarm Fritze von dem Fräulein seines Landrats erlangt hatte, daß er rauchen durfte, entspann sich ein Gespräch zwischen Imagina und dem aus der Mark Brandenburg hierher versetzten, aus Potsdam gebürtigen Gendarmen über das Wunderbare. Fritze, ein völlig aufgeklärter und abstrakt denkender Weltbürger, schien nicht zu wissen, daß er eines von den tausend praktischen Organen einer christlich-germanischen, mehr mystischen als aufgeklärten leitenden Regierungsidee war. Er gehörte, trotz seiner monatlichen Löhnung und Remontekassengelder,[4] zu demselben lichtfreundlichen Prinzip, das er mitunter polizeilich zu überwachen hatte. Jede andere Auffassung des Lebens als eine vernunftklare, nannte er mit seiner märkischen Entschiedenheit »verbiestert«, während doch gerade Nicolai und Biester[5] in ihm völlig aufgegangen waren. Nur den Enthusiasmus des schlesischen Kutschers Andres für die Breslauer Studenten teilte er nicht. Andres als echtes schlesisches Landeskind hatte seine Freude an der Aussicht, dem gnädigen Fräulein den ersten Breslauer Studenten zu zeigen. Imagina ihrerseits, je näher sie Breslau kam, mußte das pochende Herz mit der Hand halten, weil sie sich unter einem Breslauer Studenten immer das Liebste, Schönste und Goldigste in ganz Schlesien dachte. Das war schon früh zum Ausströmen voll eingesogen, und Andres war nicht der Mann, sie eines Zurückhaltendern zu belehren. Während er lustig

---

[4] Gelder für an das Heer gelieferte Pferde.

[5] Friedrich Nicolai (1733-1811) und Johann Erich Biester (1749-1816), Herausgeber von Schriften der deutschen Aufklärung.

mit der Peitsche knallte und schon die Türme Breslaus in der Abendsonne sichtbar wurden, nahm sein Auge nur den ersten ihnen etwa begegnenden Studenten aufs Korn, und Imagina harrte mit pochender Erwartung, wenn Andres rufen würde: »Frolen, da ist einer! da ist einer!«

Fritze als Potsdamer, als Gendarm brummte über diesen ihm unverständlichen Enthusiasmus für Studenten. Er wußte zu gut, wie sein Staatsberuf in vollem Widerspruch zum Nähren akademischen Selbstgefühls stand, und einmal über das andere rief er aus: »Seh Er auf seine Pferde, Andres! Laß Er die Studenten unterwegs! Sind lauter Tunichtgute! Drehen noch den ganzen Staat um! Rauchen wollen sie überall! Despektieren die Gendarmerie! Will Er wohl zufahren!«

Andres ließ sich jedoch nicht die Mühe verdrießen, seinem gnädigen Fräulein das erste junge Breslauer akademische Blut zu zeigen, und als er hin und her lugend und in der sanften Abenddämmerung die Augen zwinkernd und vor jedem Wirtshause der Landstraße angenehm lockend und pfeifend endlich wirklich den ersten Studenten entdeckt hatte und losschrie: »Frölen, da ist einer!« und Imagina, im Wagen jubelnd aufspringend und sich hastig über Andres' Schulter lehnend, vom Wege aus freundlich grüßend einen Jüngling in schwarzer altdeutscher Tracht mit bloßem Halse, mit rotem Barett auf braunen Locken und mit Silbertroddeln erblickte und mit erstickter Stimme hauchte: »Prinz Wismut –!«, da ward es Fritzens märkischem Gemüte denn doch zu arg, und zornig nahm er seine Pfeife, die ihm Imagina zu rauchen erlaubt hatte, legte sie fort, wollte den Erzieher spielen und sagte: »Himmeldonnerwetter, Fräulein, wollen Sie wohl geruhig sitzen bleiben! Hier ist bloß Breslau!«

Imagina hörte aber und sah nichts mehr. Sie war in König Kobalts blauer Grotte, erblickte Nickel den Kontrakt mit der Hölle unterschreiben, sah Prinz Wismut, für den die sieben Todsünden in Versatz gegeben wahren, als Student auf die Erde hinausziehen und sank träumend, zitternd und geisterblaß in die Arme einer sie herzlich begrüßenden, würdigen Dame, an welche Fritze einen Brief vom Landrat abgab, während Andres große und kleine Koffer, Kisten und Schachteln von der Kalesche losband. Träumend und bewußtlos gab Imagina Fritzen und Andres die Hand und folgte der würdevollen Dame, die sie feierlich in einen Saal voll junger Mädchen führte. Sie war in ihrer Pension.

Über Imaginens nächste Lebensjahre können wir um so leichter hinweggehen, als ein Brief, welchen Madam Milde, ihre Erzieherin, im dritten Jahre ihrer Pensionsaufnahme nach Bischofswalde an den Vater schrieb, das meiste zusammenfaßte, was zur Seelenkunde der künftigen Gräfin von Wartenberg zu wissen nötig ist. Nach vielen kürzeren und längeren Konferenzen, welche Madam Milde mit dem Landrat bald zu Ostern, bald zu Michaelis bei seinen Breslauer Besuchen abhielt, schrieb eines Tages die würdige Frau dem Vater folgende Zeilen: »Hochgeehrtester Herr Landrat! Ew. Hochwohlgeboren haben vollkommen recht, mir Vorwürfe zu machen, daß ich so lange nichts von mir habe hören lassen. Die Entschuldigung mit meinen überhäuften Geschäften wäre keine; denn welche Geschäfte sind für mich dringender als die, mich mit den Eltern der mir anvertrauten Kinder in Verbindung zu setzen und gemeinschaftlich deren Wohl und Wehe zu beraten! Sie wissen, wie sehr ich die holde, gute Imagina liebe! Sie wissen, wie mir dies Kind seit den Jahren, daß es meiner Pflege und Aufsicht anvertraut wurde, ans Herz gewachsen ist; ein Ausdruck, den ich in seiner ganzen ursprünglichen Kraft gebrauche. Sie ist die älteste meiner Zöglinge, sie ist jetzt schon in das achtzehnte Jahr getreten und, wie ich Ihnen schon oft zu sagen die Ehre hatte, über den Kreis ihrer übrigen viel jüngeren Genossinnen, ja auch längst über die Sphäre meines Wirkens hinausgewachsen. Fünf Jahre lang haben Sie bei Ihrer vielfach in Anspruch genommenen, schwierigen Lebensaufgabe dem Kinde soviel Teilnahme gewidmet, daß ich Ihr Vaterherz beruhigen kann. Oft haben Sie von mir Klagen, viel öfter Lobeserhebungen gehört. Sie haben sich durch das Urteil anderer Menschen, die vielleicht weniger bestochen sind als wir beide, überzeugt, daß die außerordentlichen Fortschritte in der Musik und Malerei, die Imagina machte, keine Selbsttäuschungen der Eltern- oder Erzieherliebe sind. Ebensooft haben Sie aber auch darauf gedrungen, daß sich Imagina dem reellen Wissen, den Sprachen, der Geschichte, nicht so verschließen möchte, wie ich es für mein Teil am wenigsten wünschte. Alle diese Ihnen kundgewordenen Tatsachen über Ihr gutes Kind, geehrter Herr, sind jedoch nur vereinzelte Dinge und stehen zu dem eigentlichen Wesen desselben in untergeordnetem Verhältnisse. Meine Pflicht ist es, ehe Imagina von mir scheidet, noch einmal im ganzen zu versuchen, Ihnen ein Bild Ihres teuern Kindes und treu nach der Natur zu zeichnen.

Hier muß ich, kraft meines heiligen Amtes als Erzieherin, Ew. Hochwohlgeboren offen und ehrlich bekennen, daß mir Ihre Tochter einer Besorgnis einflößenden Zukunft entgegenzugehen scheint. Zwar sei so viel sogleich abgetan, daß ich sie das lieblichste, merkwürdigste, interessanteste weibliche Wesen nenne, das mir je in meinem Wirken und Walten vorgekommen ist. Ob aber diese Auszeichnung Ihre Tochter zum Glück führen wird, das weiß ich nicht und bezweifle es sehr, falls nicht die richtigen Wege eingeschlagen werden, Imagina in die Geleise des wirklichen Lebens zu führen.

Wenn ich sagte, daß sie träumerisch, schwärmend, unpraktisch in einem erschreckenden Grade ist, so schiebe ich davon die Schuld auf zwei Dinge, auf die erste Klostererziehung und das einsame Walten im väterlichen Hause. Ich gehöre der katholischen Konfession an, beklage aber tief, wenn Kinder in die Hände ausschließlich religiöser Erzieherinnen geraten. Der Umgang mit Nonnen ist für ein weibliches, dem Leben bestimmtes Wesen der gefährlichste. Früh gewöhnt sich das von Nonnen erzogene Kind an eine Traumwelt, die wohl die Einsamkeit entsagender Klosterjungfrauen beglücken und die Stille ihrer Klosterzelle beleben kann, doch für empfängliche und phantasiebegabte Gemüter, die dem Leben angehören sollen, nur eine trostlose, unendliche Sehnsucht weckt, die nie ein von der Erde gebotenes Glück befriedigen kann. Imagina hat als Kind die Legenden der Heiligen nicht nur gelesen und mit Andacht, was hinreichend hätte sein sollen, in sich aufgenommen, sie hat sie mit durchlebt, durchempfunden, sie ist die fühlende, leidende Teilnehmerin aller der Geschichten geworden, womit ihre kindliche Phantasie überfüllt wurde. Noch bis zur Stunde kann ich in ihr die Vorstellung nicht unterdrücken, daß es neben unserm wirklichen sichtbaren Leben ein zweites, geisterhaft unsichtbares auf dieser unsrer nämlichen Erde gibt und daß die Schicksale der Menschen von den wunderlichsten Launen des Zufalls durchkreuzt und die entferntesten Fäden der Geschicke zusammengewoben werden. Es ist wirklich, als wenn diese Nonnen bei ihren künstlichen Stickereien, Blumenarbeiten, Meßgewandverzierungen ein Vergnügen daran finden, die Fülle von Lebenswünschen, die in ihnen selbst ersticken mußte, in solche jugendliche Gemüter zu verpflanzen und wilde, selbst begehrliche Geister in den unschuldigen Seelen aufzuwiegeln. »Du bist für die Welt verloren!« können diese unglücklichen Schwestern solchen Zöglingen ihrer Pflege mit auf den Lebensweg, wenn sie die Klosterpforte hinter sich zufallen hören, nachrufen. Ja, ich habe eine geistreiche, durch viele Lebensstürme gepilgerte und endlich Äbtissin gewordene Nonne gekannt, die mit fast mephistophelischem Behagen ihre verdorbenen Zöglinge in die Welt hinausziehen sah.

Fern sei es von mir, meiner guten, lieben Imagina irgendeine Verdorbenheit, irgendeinen Makel ihrer reinen Seele nachzusagen; aber dieses in den Lüften schwebende ätherische Dämmern und Träumen, das ihr eigen ist, bleibt darum nicht minder gefährlich. Im väterlichen Hause hat sie ihren Erzählungen zufolge eine Freiheit genossen, die mich zittern macht. Diesem guten Kinde war es freigestellt, in Feld und Wald zu schweifen, während es daheim, am häuslichen Herde, versäumte, sich über die einfachsten Bedingnisse der wirklichen Welt, besonders über diejenigen zu unterrichten, welche in den künftigen Beruf der Frauen einschlagen. Wäre sie nicht so wunderbar graziös, die Blößen, die sie in den gewöhnlichsten Vorkommnissen des Lebens gibt, würden sie oft zum Gegenstand des Spottes machen. Sie verwechselt die geläufigsten Dinge miteinander, sie weiß oft nicht, was für ein schlesisches Mädchen stark ist, Leinwand von Baumwolle zu unterscheiden, stellt sich beim Essen, Trinken, in Gesellschaft so wunderlich, daß einem weniger anziehenden Wesen in diesem Falle längst müßte nachgesagt worden sein, sie sei linkisch. Sie tanzt, aber auf eigene Art, nicht nach den üblichen, gemeinschaftlichen Touren. Sie kann keine Sprache lernen, weil ihr die Gedanken auf der Zunge nicht standhalten, sondern sich bunt übereck jagen. Nur in der Zeichenkunst und der Musik hat sie es dahin gebracht, daß sie ihr eigenes, erfinderisches Talent durch die äußerlich erlernten und angeborenen Handgriffe unterstützen kann.

Wenn ich Ew. Hochwohlgeboren dringend bitte, in Imaginen den Sinn für das wirkliche Leben zu befördern, so muß ich hier noch einen Schritt weiter gehen. Wenn sie Geschichten und Erfindungen so durchleben kann, daß sie tage-, ja wochenlang in ihnen heimisch bleibt und aus ihnen heraus handelt, spricht und schreibt, so ist das eine für ihre Umgebungen allerdings sehr unterhaltende Gabe, aber eine für sie selbst gefährliche. Geehrter Herr Landrat, wir leben in einer eigenen Zeit! Sie mögen in Ihrer Stellung mit den groben Auswachsen des Dranges, der die überlieferte Ordnung der Dinge stören will, zu tun haben, aber viel gewaltiger ist das geheime Rütteln an unserer überlieferten Ordnung, das geheime Anzweifeln, das versteckte Untergraben. Ach, es gibt unzählige *unsichtbare*, Verbrechen gegen das Überlieferte, und von den zartesten Händen werden dieselben verübt! Ich gedenke meines frühern Bildungsganges, meiner eigenen jungen Tage. Wie waren sie anders als die jetzigen! Die frühere Literatur gefiel sich darin, einen oft vielleicht zu weit gehenden überschwenglichen Glauben an das Bestehende zu predigen. Eine Menge frommer Jugend- und Bildungsschriften lagen überall der Erzieherin zur Auswahl vor. Jetzt würde man sich vergebens nach neuen Werken dieser Art umsehen. Wir selbst lesen diese neuen Romane, die aus der Feder sogar unserer weiblichen Schriftstellerinnen fließen, mit geteilten Empfindungen. Unser Urteil ist gereift. Wir wissen, was wir von diesen Gemälden einer wirklichen oder erträumten Welt zu halten haben; aber wie anders, wenn wir uns einmal denken, daß nach uns eine Generation kommen könnte, die ganz in den Anschauungen der Gräfin Hahn-Hahn, der Ida von Düringsfeld, unsrer schlesischen Landsmännin, der Fanny Lewald und vieler anderer hochromantischer Naturen aufwachsen und erzogen worden sind! Wohl hüte ich mich, daß irgend auch nur ein Buchstabe von dieser Literatur in mein Institut oder in die Nähe meiner Zöglinge dringt. Kann ich aber vermeiden, daß Imagina, ins Leben tretend, diese Schriften zur Hand nimmt und aus ihnen in langen Zügen neue Berauschungen ihrer Phantasie trinkt? Ist denn da noch irgendeine Form des Lebens fest und sicher, ist da noch irgendein Wahn und alter Glaube heilig? Nicht, daß ich diese hochpoetischen Frauen anklage, wenn sie das ohnehin ausgebeutete Feld der Erfindung mit neuen Wirr- und Irrgärten bepflanzen, in denen sie vielleicht und gereifte Gemüter sich zurechtfinden; aber ängstigend ist dieser Drang nach Idealität, nach Poesie des Lebens, wo doch nur die Prosa des Lebens, die Wirklichkeit von uns Pflichten und Leistungen verlangt, der Drang nach Schönheit, während doch so vieles seiner irdischen Natur nach häßlich sein muß. Ich denke mir, wie das einst alles auf einen Geist wie Imaginens wirken muß; und wie ich für Ihre Tochter fürchte, so fürchten jetzt zahllose Eltern für ihre Kinder.

Schon jetzt hat Imagina die feurigsten Ahnungen von einer freien, nur sich selbst verantwortlichen Macht des Willens. ›Nur Taten sind schön!‹ rief sie kürzlich aus. Zitternd mußt ich antworten: ›Du nennst Taten, was andere dumme Einfälle nennen!‹ Jeden Einfall ausführen, das kann originell erscheinen, wird aber selten für schön herauskommen. Am erschreckendsten ist mir Imagina, wenn sie am Klavier sitzt und sicher zu sein glaubt, nicht belauscht zu werden. Da variiert sie nur zwischen wenigen Akkorden und Tonarten, ist an Fertigkeit hinter meinen meisten, selbst jüngern Mädchen zurück, und doch habe ich gesehen, daß unter ihrem Fenster mancher Musikkundige stillsteht und sich nicht vom Anhören dieser allerdings oft zu Tränen rührenden, aber ganz lose und locker gefügten Phantasien trennen kann. Da ist es zugleich erstaunlich, welche versteckte Leidenschaft auf den Tasten mit zum Ausbruch kommt, welche Sehnsucht, welches Hangen und Bangen, Hinüberschweifen in Welten, die nur der Ahnung und dem Schmerze angehören. Nicht Melodien, nicht Reminiszenzen sind es, die sie spielt, ja dem rohen Ohr möchte ihre Übung spielende Klimperei erscheinen; aber dem Lauschenden, dem ihr Folgenden kann nicht entgehen, was diese bald leisen, bald anschwellenden, bald langsamen, bald wogend bewegten Akkorde bedeuten. Was bedeuten sie? Vorläufig ein träumerisches, sich in unbestimmte Fernen sehnendes Herz. Bedenklich erst wird diese Richtung werden, wenn Imagina, wie dies nun jetzt geschehen soll, ins Leben tritt und mit den in unsrer jungen Frauenwelt unglaublich spukenden Unabhängigkeitsideen vertrauter wird. Es gehen selbst in unseren besten Frauenseelen Dinge vor, und Ahnungen ziehen in sie ein, die mir Grauen erregen vor allem Zukünftigen. Selbst an das Herz treuer Lebensverhältnisse pochen Geister, die nicht aus dem blauen Himmelreich von oben kommen.

Das war es, was ich Ew. Hochwohlgeboren über Ihr schönes, liebreizendes und gutes Kind schreiben mußte. Andere, die mit ihm in Berührung kamen, mögen Ihnen von allerhand Possen erzählen, von denen sie rede, von Berggeistern, von einem Geliebten, den sie bewachen müsse, weil die sieben Todsünden für ihn aus der Hölle zum Versatz gegeben wären, und ähnliche märchenhafte Späße, über die sie selbst lacht, an welche sie selbst nicht glaubt, mag es auch allen anderen oft ganz schauerlich dabei über den Rücken rieseln. Auch im Religiösen hat sie etwas Freies und Schönheitsuchendes. Sie ist nicht bigott, noch weniger scheinheilig, sie bleibt in ihrer Andacht immer lieblich und menschlich. Was sie nicht aus ihrer bildlichen Welt ins menschliche Herz verpflanzen und von da aus deuten kann, das ist für sie selbst nur poetische Grille. Aber gerade dies ihr Herz hält sie für eine große geheimnisvolle Welt und weiß dahinein so viel zu dichten und zu erfinden wie in ihr Tagebuch, wo ich ebenfalls oft genug finde, daß sie Bekanntschaften darin ausspinnt, die sie nie hatte, und mit Menschen redet, die sie nie gesehen.

Sorgen Sie dafür, geehrter Herr, daß Imagina eine Stellung zum Leben findet, die bestimmt und deutlich genug ist, um sie auf einen großen Kreis von Pflichten, die ihr und allen Menschen obliegen, aufmerksam zu machen. Habe ich zu ängstlich beobachtet, so will ich dem Ruhm, Menschenkennerin zu sein, da gern entsagen, wo mein Irrtum durch eine heiter beruhigende Wirklichkeit widerlegt wird. Eltern und den sich krank Glaubenden gönnt man ja am liebsten, daß sie unsere Besorgnisse beschämen! Was mich drängte, habe ich ausgesprochen. Es bleibt Ihnen überlassen, aus meinem Briefe zu entnehmen, was Ihnen gutdünkt –!«

Als der Landrat in Bischofswalde diese Zeilen zu lesen bekam, saß er vor seinem Aktentische, und sein Leibgendarm Fritze lugte zum Fenster zur Straße hinaus, um Polizeiwidrigkeiten zu entdecken. Es war sein Stolz, daß sich, so weit sein Auge reichte, alles im Gleise des Hergebrachten bewegte, selbst die Wagenräder der Frachtfuhrleute, die von der grünen Höhe herab in das freundliche Bischofswalde an Hemmschuhen glitten, die Fritze aus der Ferne schon für reglementsmäßig erkennen mußte. Nur die katholischen Auswüchse der Gegend störten ihn, da ein Kreuzlein, dort auf einem Brückchen ein verwitterter und gebrechlicher St. Nepomuk und so manches andere vom Pfarrer Patronisierte, worüber vornehm hinwegschauend Fritze in den rotgrauen Schnurrbart murmelte: »Dieses dulden wir, weil es sein muß!«

Indessen donnerte an Fritzens Ohr ein entsetzlicher Fluch des Landrats. Wir wissen nicht, wieviel Schock Mohren und sonstige

Elemente nach dem Wunsche des Hauptmanns a. D. in Imagina hineinschlagen sollten. Der beendigte Brief war es, dem diese Explosion von Zorn und Drohungen galt. »Was bringt ein Frauenzimmer zur Räson, Fritze?« fragte der Landrat seinen Gendarmen. »Ein Mann!« war die einfache, militärisch würdevolle Antwort. Und der Landrat seinerseits stimmte feierlich ein: »Ja, Fritze! Meine Tochter muß bald heiraten.«

Madam Milde würde sich nicht erbaut haben über die Kritik, die ihr Brief in Bischofswalde zu erfahren hatte. Der Landrat fand ihn viel zu zimperlich und zu quengelig, und hätte sie's nur hören können, der barsche Haudegen sagte geradezu: »Diese Frau ist auch nicht recht klug, hat wohl auch keinem Mann je im Leben Ordre pariert! Dem Ding wollen wir bald ein Ende machen –!«

Die Schwierigkeit, für Imagina von Unruh einen Mann zu finden, war deshalb nicht so groß, weil gerade in Breslau Wollmarkt war. Die außerordentlich reiche Schafwollproduktion dieser Provinz versammelt in jedem Junimonat des Jahres die Gutsbesitzer auf dem gesuchtesten aller Wollmärkte, den selbst englische Agenten beziehen. Was in Posen die Johannisversur, im Holsteinischen der Umschlag ist, das ist in Breslau der jährliche Wollmarkt, das Stelldichein der in den Provinzen zerstreut wohnenden Familien, der Zielpunkt einer Menge geschäftlicher Verbindlichkeiten, Zahlungstermin, Veranlassung zu neuen Geschäften, kurz der Umsatz aller materiellen und moralischen Lebenskräfte dieses schönen Landes. Wenn nach des Landrats Meinung irgend etwas bei der von Madam Milde geschilderten, so ätherischen und zweckwidrigen Natur seiner Tochter entscheidend ins Mittel treten konnte, so war dies der Breslauer Wollmarkt.

Im Gasthof »Zur goldenen Gans« war es, wo sich Landrat von Unruh unter den möglichen Partien seiner Imagina bald zurechtfand. Er vermied es diesmal, sich im entferntesten in die Debatten einzulassen, welche den größten Teil des hier versammelten Adels beschäftigten. Seine Stellung zur Regierung zwang ihn wohl sonst, über Eisenbahnpläne, Kreditvereine, Provinziallandtage Rede zu stehen; aber von den Erörterungen über Kirchentum, Domstifte und

Klosterpräbenden[6] hielt er sich diesmal ebenso fern wie von dem Gemurr über Beeinträchtigungen der Kirche, den Vorbereitungen einer kategorischen Entweder-Oderzeitung und ähnlichen erst in neuester Zeit ausgebrochenen, aber lange schon eingeleiteten Äußerungen des dortigen Provinzlebens. Er hielt sich diesmal mehr an die reellen Schaustellungen der Tierveredelung, der Wollproduktion und fand denn auch bald nach Rücksprache mit alten Freunden beim Glase Wein unter mehreren Söhnen des auf seinen Wollsäcken ruhenden alten Grafen von Wartenberg denjenigen, den er suchte. Die Verheiratung seiner Tochter Imagina an den ältesten der hoffnungsvollen Söhne des Grafen, an den frischen, blonden, etwas zum Embonpoint neigenden Grafen August war eine geschäftliche Sache. Der Gendarm Fritze hatte seine Freude daran, wie sich das so glatt, so reell, so nett machte mitten unter den doppelten Friedrichsdoren, die der Agent des Hauses Smith und Scott aus Manchester dem alten Grafen Wartenberg für seine Wollsäcke zahlte.

Sechs Wochen nach dem Wollmarkt war Imagina in ihrem noch nicht ganz vollendeten achtzehnten Jahre die Verlobte und bald darauf die Lebensgefährtin des Grafen August von Wartenberg.

---

[6] Klostereinkünfte.

III

Zu Oos am Fuße des Schwarzwaldes verweilte sonst der von Heidelberg nach Straßburg fliegende Eisenbahnzug eine etwas längere Zeit. Transportwagen mit Reisekaleschen, die für Baden-Baden bestimmt sind, wurden hier erst ausgehängt. Und so sehen wir deren eine lange Reihe in das grüne Tal fahren, das den Eingang zu dem lieblichsten aller Badeorte bildet. Omnibus, Fußgänger dazwischen, wenig kranke, meist lebensfrohe Menschen, welche die duftenden Blüten des Daseins genießen wollen. Es war gegen Ende des August, in der höchsten Höhe der diesmal ungewöhnlich zahlreich besuchten Saison.

Vor allen fesselt uns ein die Nußbaumallee hinauffahrender Landau, vierspännig, aufgeschlagen, hinten mit einem Bedienten und einer Kammerjungfer, drinnen mit einem jungen Paare. Der Herr, ein munter blickender, frischer, rotwangiger Blondin, in einem weiß und blau gestreiften Sommerkostüm, aus einem Korallenpfeifchen behaglich eine Zigarre rauchend. Die Dame, den grünen Schleier lüftend und aus dem Hute, zum Zeichen, daß sie vom Norden gekommen, gleichfalls blonde, lange, goldglänzende Locken herabrieseln lassend. Ihr lieblicher kleiner Mund ist röter als die zierlich gewundene Korallenspitze ihres Gemahls; denn das ist ohne Zweifel dieser behagliche, blauäugige junge Mann, der sich unendlich wohlfühlt, wieder in seinem eigenen Wagen zu fahren. Seine Begleiterin, die ihrer Schönheit wegen in dem Eisenbahnwagen von Russen und Franzosen bewundert worden war, teilte diese Meinung nicht; nicht wegen der Russen und Franzosen und ihrer bewunderten Schönheit, sondern weil sie, wie sie sagte, eine gemeinschaftliche Fahrt viel anregender fand als dies Alleinfahren. »Das wüßte ich nicht«, bemerkte der junge Mann, »in meinem eigenen Wagen weiß ich, wo ich bin; da strecke ich mich, da dehne ich mich, da haben meine Füße Platz, da hat mein Rücken Anhalt, da greife ich rechts und links in lauter mir bekannte Beutel und Taschen.« Und dabei schwoll er üppig den neuen Eindrücken entgegen, die sie nun in dem zum längern Aufenthalte bestimmten Baden begrüßen sollten.

Im »Hôtel d'Angleterre«, beim Eingang in die Lichtentaler Allee, waren für den Grafen Wartenberg nebst Gemahlin und Dienerschaft aus Schlesien Zimmer bestellt. Imagina fand sich durch alles, was sie sah, wunderbar bewegt und gedrängt. Diese reizende Gegend erinnerte sie an Bischofswalde. Das Grün der Bäume, die Wiesenmatten, die sich an die Berge schmiegten, die gewundenen Wege der schattigen Promenaden, die düstern Trümmer des Schlosses zur Rechten und links in die Zimmer ihres Hotels von außen die Musik des Kursaals dringend, das alles beklemmte sie um so mehr, je mehr sie an den bedenklichen Ruf dieses Bades durch ihres Gemahls Erzählungen von einer Menge hier ruinierter Jugendfreunde erinnert wurde. In ihrem heimischen Warm- und Salzbrunn wurde das Spiel nicht offen getrieben, wie es hier sein sollte. Sie mußte still vor sich hin lächeln, als sie dabei einer vor Jahren geträumten Berührung mit dem Könige Kobalt gedachte, der damals auch Baden-Baden als einen der unheimlichsten von seinen Heilkräften bedachten Verführungsplätze der Hölle vom Minister Nickel hatte nennen lassen. »Holde Kindheit!« seufzte sie still für sich.

Die wichtigste und feierlichste Aufgabe war nun für ihren Mann zunächst das Studium der Badeliste. Er ließ sich sogleich die neueste Nummer kommen und unterwarf sie trotz der schon hereinbrechenden Abenddämmerung am Fenster einer genauen und bei jedem Namen innehaltenden Prüfung. Es machte ihn glücklich, eine Menge Bekannte zu finden, Namen, die ihm aus Breslau, Berlin, Dresden und den schlesischen Bädern erinnerlich waren. Darüber war es Abend geworden, und Imagina hatte keine Neigung mehr, schon heute Toilette zu machen und ihm auf den Versammlungsplatz der schönen Welt zu folgen. Sie ließ ihn allein gehen, zündete sich Kerzen an, öffnete weit die Fenster, in welche der Gesang der Heimchen von den Wiesen drang, nahm eine zierliche Reisemappe hervor, öffnete deren Brahmaschloß[7] und flüsterte, eine Menge Blättchen vor sich ordnend, still in sich hinein: »Was habe ich nicht alles nachzutragen! Seit Goethes Grab schrieb ich auch keine einzige Zeile mehr!«

---

[7] Ein von dem Mechaniker Joseph Brahma (1748-1814) erfundenes Sicherheitsschloß.

Imagina erfaßte noch jeden Eindruck, den ihr das so plötzlich veränderte Leben bot, mit einer Innigkeit, mit einem so bis auf den Grund die Dinge auskostenden heißen Verlangen, daß es ihr unverantwortlich geschienen hätte, auch nur ein neues Begegnis ihres jungen Lebens flüchtig hinzunehmen und es sich nicht in seinem ganzen Reize immer wieder zu vergegenwärtigen. Eine Reise führte deren fast zu viele auf. Sie mußte zur Feder greifen und sich alle die Wonnen niederschreiben, die sie seit der Abreise von Bischofswalde erfahren hatte. Was nur Dresden, Leipzig, Jena, Weimar Wertvolles und ihre Phantasie Anregendes bot, hatte sie sich in kurzen Andeutungen zu künftiger leichterer Erinnerung fixiert, und nun erschrak sie, daß sie mit ihrem Körper schon in Baden-Baden und mit ihrem Herzen noch im Park von Weimar, unter den klassischen Gräbern war. Sie gab sich auch sogleich das Wort, ihrem Gatten zu erklären, daß sie nicht eher in Baden-Baden ausgehen würde, bis auch ihr Herz, ihre Phantasie, die noch in Thüringen lebten, nachgekommen wären. Unbequem wollte sie ihm darum nicht werden. Sie schrieb und schrieb und brach in ihrer Hast dreimal den Bleistift ab, verwünschte zehnmal die gelbe Tinte des Hotels, kam aber bis zur Rückkehr des Grafen doch nicht weiter als bis auf die Wartburg nach Eisenach, wo ihr das plötzliche Aufklinken der Türe durch den Grafen einen solchen Schrecken verursachte, daß ihr das Tintenfaß umfiel, gerade bei der Stelle, wo sie von dem Tintenfasse Luthers und dem Wurf nach dem Teufel reden wollte. Sie bebte zusammen, als sie auf ihrem sauber geglätteten Luxuspapier denselben ungeheuren Klecks sah, den sie eben beschreiben wollte.

Graf August, zurückkehrend, war voll von allen Herrlichkeiten, die er gesehen hatte. Auch den Koch des Konversationshauses lobte er und analysierte die Soße eines Hechts, den er zu Nacht zu verzehren sich nicht versagt hätte. Imagina bat, ihn himmelhoch zu schweigen. Sie würde zu verwirrt von allem, was sie erlebe, sie ersuche ihn anzunehmen, daß sie noch in Eisenach, noch im Thüringer Walde und auf der Wartburg wäre. Sie wollte nur von dem Blick ins Rhöngebirge sprechen und dem roten Sandstein und den hohen Linden um die Pfarrkirche von Eisenach und von den Schrecken eines Brandes, der dort einmal gehaust hätte, so daß August erst lachte, dann schläfrig wurde und zu Bett ging.

Am folgenden Morgen hatte er durchaus nichts dagegen, als Imagina fortgesetzt dabei blieb, daß sie es für eine Sünde halten müßte, die Eindrücke einer Reise, die Schönheiten der göttlichen Schöpfung, die Erinnerungen der Geschichte so gewaltsam in sich aufzunehmen, daß man eins über das andre stürzte. Er hatte am Abend zuviel Stoff zu selbständigen Vergnügungen entdeckt, als daß ihm Imaginens Wunsch, noch daheim zu bleiben, nicht ganz genehm sein sollte. »Nun, mein gutes Kind«, sagte er, »bleib du also noch in Thüringen und schildere unser Mittagsessen im Eisenacher ›Rautenkranz‹, bewege dich dann langsam nach Buttlar, Hünefeld und Fulda, ich werde indessen hier in Baden-Baden Spazierengehen.«

Imagina hatte trotz ihres phantastischen Sinnes ein Talent, sich eine anmutige Häuslichkeit zu schaffen. Schon als Kind wußte sie in einem kleinen Stubenwinkel sich ein paar Stühle hinzustellen und sich daraus im Geist einen Feenpalast zu zaubern. So veränderte sie auch hier gleich die ganze Ordnung des Zimmers, stellte ein Möbel dort-, das andere dahin, nahm eine grüne Decke, legte sie auf einen Tisch, den sie durch Ausbreitung von allerhand kleinen, wenig kostenden Kostbarkeiten und Nippes zu einem Schreibbureau[8] umwandelte. Auf ein Sofa hingestreckt, träumte sie, von August allein gelassen, und übersann, wie sie hierhergekommen, was sich alles seit Wochen mit ihr begeben hatte, wie sie so aus der Pension in die Ehe hatte treten müssen – Stoff genug für sie, sich in ein langes Dämmern zu verlieren. Zwischendurch verfolgte sie auf dem Papiere, bald zeichnend, bald schreibend, ihre Reise.

Es war der erste freie Augenblick, der ihr eine ungestörte Selbstbetrachtung erlaubte. Sie lebte noch einmal durch, was ihr jetzt fast unglaublich vorkam. Der Vater tritt zu Madam Milde ein, nimmt sie in die »Goldene Gans« mit auf sein Zimmer, klingelt, der Gendarm Fritze ruft den alten Grafen Wartenberg, der nach Art schäkernder alter Polterer sie herzhaft beim Kopfe nimmt und ihr ein Dutzend derber Landküsse auf die Lippen drückt – die Alten lachen, von einem Mann wird gesprochen, vom jungen Grafen August, der per Expressen von den Gütern verschrieben werden soll, sie wird heiraten, einen jungen Mann, von dem ihr die besten und schönsten

---

8 Schreibtisch

Dinge erzählt werden, Kontrakte werden mitten unter Wollsäcken geschlossen, Geldsummen hüben und drüben ausgeworfen, Bestimmungen über die Religion der erwarteten Kinder niedergeschrieben; der Versprochene erscheint, freundliches, wohlwollendes Zutrauen in seinen Mienen, nichts gerade an ihm störend, die Zeremonie an zwei Altären, einem katholischen und einem evangelischen, das Band mußte ihr um so fester dünken, als es zwei Priester gesegnet hatten – die jungen Leute setzen sich in einen Reisewagen, fahren in die Welt hinaus und sind nun hier in Baden-Baden, nicht anders, als wie aus den Wolken gefallen!

Stundenlang mußte sie sich mit dem Durchleben dieser Abwechselungen beschäftigt haben, denn es war Mittagszeit, als August zurückkehrte und sie lachend fragte: »Wo bist du jetzt?« Sie blickte auf das Papier und sagte: »Vor dem Denkmal des heiligen Bonifatius!« – »Noch in Fulda?« bemerkte August mit gutmütigem Spott, freute sich aber im stillen auf die Aussicht einer langen, ihn zerstreuenden Selbständigkeit. Zwar war er atemlos gekommen, aber sie mußte doch manches von dem, was er erlebt hatte, hören. Konnte er doch auch – sie aßen auf dem Zimmer – nicht Worte genug finden, welche interessante Gesellschaft sich hier zusammengefunden hätte, die berühmtesten Personen des high life von London, eine Menge Diplomaten aus Paris, Wien, Turin, eine ganze Suite, wie er sagte, von Russen, die jetzt aus Italien herüberkäme; man arrangiere, fuhr er plötzlich französisch redend (um mich zu üben, bemerkte er später) fort, man arrangiere Landpartien nach Schloß Eberstein, Picknicks nach der alten Burg von Baden, Jagdausflüge, zu welchen der Spielpächter Benazet die Hunde, der Staat das Wildpret liefere; er hätte versprochen, an allem teilzunehmen, zu jagen, zu reiten, zu fahren, zu essen, zu trinken ...

»Auch zu spielen?« fragte Imagina.

»Gutes Kind«, sagte August, »beruhige dich! Die grünen Tische sind so belagert, daß nur ein Spieler von Profession sich durchdrängen kann. Wer nicht einen Stuhl nimmt, eine Karte zum Punktieren, seine Angriffstruppen neben sich ausbreitet, kommt da nicht an: ich spiele nicht und brauche meine Zeit lieber zu Vergnügungen, wie ich sie hier gar nicht erwartet hätte. Übrigens«, setzte er kleinlaut hinzu, »ist alles auf den Augenblick gespannt, wo du zum ersten

Male auftrittst. Heute abend werde ich sagen, du wärest noch in Fulda, wo wir ja wohl im ›Kurfürsten‹ ...«

Er wollte sagen: »recht sanft geschlafen haben«, und schlief, statt diese Phrase zu vollenden, selbst ein, wie es nach Tische seine Gewohnheit war. Inzwischen ließ Imagina anspannen, bezahlte reichliche Trinkgelder und sprengte – das heißt natürlich nur auf dem Papiere – in sausendem Galopp der einförmigen Gegend hinter Schlüchtern zu. In Gelnhausen fesselte sie ein schiefer Turm, und sie zitterte, als ihr dabei wie ein Harmonikaklang ins Ohr tönte: Pisa. So etwas Schönheitvolles wie Pisa wagte sie noch nicht zu denken, obgleich die Schweiz doch diesmal auch schon gesehen werden sollte. Schon war sie auf dem Hirschgraben in Frankfurt am Main und faltete sinnend in Goethes Geburtshause die Hände, als August aufwachte, neue Toilette machte und sich mit einem Kuß zum erneuerten Besuche des Konversationshauses empfahl.

Am folgenden Morgen kam endlich Imagina selbst in Baden-Baden an, und nun hatte sie eine unwiderstehliche Sehnsucht, alles das, was August bereits so hinreißend gefunden hatte, auch ihrerseits in Augenschein zu nehmen. Er eilte sich gerade nicht, sie seinen Vorsprung einholen zu lassen. Doch erklärte er sich endlich bereit, sie am folgenden Tage bei einer Art Korsofahrt, die gegen Untergang der Sonne in der Lichtentaler Allee stattfände, in die fashionable Welt Badens einzuführen. Der leichte und elegante Reisewagen wurde gesäubert, die farbige Seite der Polster und Kissen herausgelegt, Andres (ihr von Bischofswalde gefolgter Diener) mußte seine Staatslivree, hellblau und gelb, anziehen, und eine Stunde währte es, bis August mit seiner eigenen Toilette und der Kritik derjenigen seiner Frau, die darüber in eine wahre Angst geriet, fertig wurde. Endlich gab er ihrem himmelblauen Kleide, dem Spitzenkragen, dem Hute und Schleier seinen leidlichen Beifall, und hinaus bogen die Rosse in die Abendschatten der Lichtentaler Allee. Bald auch wurde das Paar bemerkt, und Imagina erstaunte über die große Zahl der Bekanntschaften, die August schon gemacht und zu grüßen hatte. Zweimal ging es bis zum Kloster auf und ab, Imagina atmete den reinsten würzigen Wiesenduft und verneigte sich traulich jedem Gruße, den sie empfingen. Sie machte Aufsehen, ohne es zu wissen, und auch vielleicht August wußte es nicht.

Aus einer eigenen schweigsamen Stimmung befreite ihn endlich ein lautes, fernherschallendes Pferdegetrappel. Eine lange Kavalkade von Damen und Herren zu Roß sprengte in die Allee, mäßigte dort ihren Lauf und hielt noch einen Paraderitt mitten unter den Wagen, in welche sich mehrere der Reiter und Reiterinnen hineinbeugten. Augusts Landau war sogleich von dem ganzen Schwarm umringt, und nun erstaunte Imagina, wie heimisch hier ihr Gatte schon geworden, während sie noch schüchtern die neugierig kritisierenden Begrüßungen erwiderte. Eine Dame vor allen übrigen drängte so dicht an den Wagenschlag mit ihrem Mietroß, blickte so neugierig unter Imaginens Hut, ließ so die Reitgerte in der Luft tänzeln und ergoß sich in einen solchen Strom von zärtlichen Versicherungen ihrer Ungeduld, die sie gehabt hätte, Gräfin Imagina kennenzulernen, daß diese über und über errötete und kaum ihr ängstlich klopfendes Herz halten konnte.

»Sie werden doch am Konversationshause absteigen«, hieß es französisch aus dem Munde aller dieser munteren Gesellschafter, und die kleine schwarze Dame vor allen bat so flehentlich, dort die Musik zu hören und ihr das Glück dieser ersehnten Bekanntschaft gleich in vollem Maße zu schenken, daß sie die Versicherung gab, dort später erscheinen zu wollen. Darüber sprengte die Suite fort, und Imagina atmete wie erlöst auf.

»Nicht wahr, amüsante Gesellschaft?« meinte August nach einer drückenden Pause. »Wer ist die kleine freundliche schwarze Dame?« fragte Imagina. »Die Seele der ganzen Saison«, antwortete August, »eine Frau comme il faut. Sie gibt für alles den Ton an. Sie arrangiert die Partien, sie vermittelt die Bekanntschaften, für jeden Tag weiß sie etwas Neues, ein Weibchen wie Quecksilber, hin und her, witzig, geistreich, belesen, äußerst charmant.« Imagina fand das auch. »Wie heißt die liebenswürdige Frau?« fragte sie mit gutmütiger Unbefangenheit. »Es ist die Witwe eines polnischen Adligen.« – »Gewiß mit einem schwer auszusprechenden Namen«, fragte Imagina, als August stockte. »Nein, nein, mein Herz! Baronin Feodore Zaluska, eine Witwe – wir nennen sie nur Feodore, und sie ist so liebenswürdig, daß sie uns auch allen gestattet, sie mit diesem einfachen Namen zu rufen.«

Der Wagen hielt jetzt am Anfang der kleinen Reihe von Verkaufsbuden, die dem eleganten Charakter dieses Schwarzwaldbades neben seinen Naturschönheiten noch etwas von einer süddeutschen Dult[9] geben. Das junge Paar stieg aus, und Imagina, diese Buden mit Tiroler Handschuhen und Nürnberger Spielzeug erblickend, setzte sich sogleich daraus einige modische Schwarzwaldgeschichten zusammen. Von obenher aus einem Pavillon rauschte Harmonikamusik, und endlich schritten sie über die gekieselte Promenade zum Konversationshause. »Dort links sind die grünen Tische!« sagte August, um sie zu unterrichten. Sie erschrak heftig und zog ihn von jener Seite fort. Der Traum vom Höllenfürsten fiel ihr unwillkürlich ein, und sie mußte über »ihre Dummheit« lachen. Sah denn nicht alles so heiter, so freundlich, so menschenglücklich aus?

Nach längerm Harren und Wandern durch das zuletzt ermüdende Gewühl erschien in Begleitung einer Art von Duenna[10] oder Gesellschaftszofe Feodore Zaluska, geschmackvoll umgekleidet, von einer Grazie und Eleganz, die Imagina beängstigte. Die Polin war zwar kleiner als sie, aber unendlich beweglich, sehr zierlich gebaut, von großer Anmut in den Formen des Gesichts und von einem sprechenden Ausdruck ihrer blitzend schwarzen Augen. Imagina wußte nicht, wie ihr geschah, daß sie von dieser ihr ganz fremden Dame wie mit Zärtlichkeiten überschüttet und von Schmeicheleien erdrückt wurde. Diese Feodore, die rechts und links die Grüße der fashionablen Welt mit Gleichgültigkeit erwiderte, schien sich ihr unterzuordnen. Alles sah sie plötzlich an sich bemerkt, hervorgehoben. Feodore hatte die schönsten Worte für ihren Wuchs, ihr Haar, diese goldenen Locken, die in der Tat durch die inzwischen einbrechende Nacht zu leuchten schienen. Feodore rühmte alles an ihr, sogar ihre Toilette, und was sie am meisten überraschte, ihre, wie sie wußte, mangelhafte französische Aussprache.

Das auf und ab wandelnde Vierblatt setzte allmählich Blätter an Blätter an. Es wurde ein Strauß von Herren und Damen und, wie man bald sah, das Bukett der Gesellschaft. August gab Feodoren

---

[9] Jahrmarkt.

[10] Anstandsdame.

den Arm, und da es kühl wurde, forderte man sie auf, in die Säle einzutreten. Dies war für Imagina ein tödlicher Schreck. Sie kam sich in ihrer Furcht lächerlich vor, aber es war ihr unmöglich, in die schimmernden, kerzenerhellten, jetzt von Musik rauschenden Säle zu treten; denn zwischendurch hörte sie das sonderbare Klimpern des Geldes und den grell heisern Ton des Einharkens und Einschar-rens der von der Bank gewonnenen Summen. Sie wußte allerdings, daß die Geschichte von ihrem König Kobalt und von den heißen Teufelsquellen ein Märchen war, das zum größten Teil dem alten Plauderer, dem Obersteiger in Bischofswalde, gehörte, aber wenn sie erwog, wieviel sie nun heute schon erlebt hatte, wie rauschend das alles um sie her wogte und wie es jetzt daheim in ihrem Zim-mer beim Vater so still sein mußte, so glaubte sie es wagen zu kön-nen, eine Kaprice zu haben. Sie schlug den Besuch des Saales aus. August war darüber sehr verstimmt und ärgerte sich, sie nach Hau-se begleiten zu sollen; aber im dunkeln Schatten harrte ja Andres mit einem Schal, und ein weltberühmter Virtuose, der zur Gesell-schaft gehörte und von einigen emanzipierten Russinnen »furieu-sement«[11] angebetet wurde, erbot sich, sie an das »à deux pas«[12] gelegene »Hôtel d'Angleterre« zu geleiten. Die gute Imagina wußte nicht, welch ein Glück ihr widerfuhr und wie sie von den emanzi-pierten Russinnen beneidet wurde! August blieb mit Feodore und den übrigen. Sie selbst schlüpfte wie eine Sylphide unter den nächt-lichen Schatten des flüsternden Laubes hinweg. Der Virtuos, der ganz erstaunt war, wie jemand in seine Nähe kommen und nicht sofort vor ihm in Liebe und Bewunderung zerschmelzen konnte, sprach etwas von Quatre-mains-Spiel[13] und von einer ihr bestimm-ten Widmung seiner im Druck erscheinenden neuesten Transskrip-tion. Sie hauchte eine verbindliche Phrase, hatte die kleine Oosbrü-cke erreicht, stand vor den Orangenbäumen des Portals zu ihrem Gasthofe und wußte nicht, als sie in ihren Zimmern angelangt war, wie sie zur rechten Besinnung auf alles das kommen sollte, was sie heute so neu und fremdartig erlebt hatte.

---

[11] (franz.) leidenschaftlich, rasend.

[12] (franz.) zwei Schritte entfernt.

[13] von vierhändigem Spiel.

IV

Das fühlte nun wohl die junge Gräfin am Abend, in der Nacht und am Morgen, daß das nimmermehr ihre Welt werden konnte! Zu wenig Erfahrung besitzend, um ihrem Mißfallen einen bestimmt begründeten Ausdruck zu geben, hätte sie nimmermehr sagen können, was ihr so unbehaglich war. Bei alledem hatte sich Feodore ihrem Gemüte eingeschmeichelt. Das, was ihr immer fehlte, eine ältere und doch jugendliche Freundin, das, so behauptete wenigstens August, hatte sie in Feodore gefunden. »Die Baronin ist von dir hingerissen«, sagte er. »Vertraue dich ihr an, laß dich von ihr leiten, sie hat die Welt gesehen, sie weiß, was der gute Ton erfordert, du kannst dich glücklich schätzen, bei deiner Jugend in solche dich bildenden Hände zu geraten. Wenn jemand aus dir etwas machen kann, so ist sie es!«

Imagina glaubte das in vertrauensvoller Unschuld. Man beschloß, der Baronin einen Anstandsbesuch zu machen. »Sie erwartet uns«, sagte August, »und um so eher müssen wir zu ihr gehen, als es Zeit ist, das Hotel zu verlassen und eine Privatwohnung zu nehmen, die sich im ersten Stock des von der Baronin bewohnten Hauses nicht gelegener bieten kann.«

Die schon fast im »Hôtel d'Angleterre« Eingewohnte trennte sich von der kleinen Häuslichkeit, die sie sich schon begründet hatte, ungern, allein sie hatte von Feodore selbst so viel Schönes über deren Wohnung vernommen, daß sie ihren Gedanken gern eine andere Richtung gab und mit der ihr eigenen Befangenheit dem jungen Gatten, der ihr im Grunde so beängstigend neu und mit jedem Tage fremdartiger vorkam, folgte. Gerade je mehr sie sich an ihr plötzlich geändertes Lebenslos gewöhnte, desto beklemmender waren die Betrachtungen, die sie darüber bei sich im stillen anstellen mußte.

Nach einigem Harren in einem Vorzimmer empfing Feodore das junge Paar mit unbeschreiblicher Grazie und Freundlichkeit. Sie umarmte Imaginen und führte sie in ihr Wohnzimmer, dessen Fenster mit Blumen verbaut waren und eine liebliche Aussicht auf das terrassenförmig gebaute Städtchen und die aus den Büschen hervorschimmernde neue Trinkhalle gewährten. Ein kleiner bellender

Spitz wurde von Graf August, der in diesen Zimmern schon völlig heimisch war, zum Schweigen gebracht. Die Baronin klingelte. Ihr Kammermädchen mußte dem Wirt ankündigen, daß die Herrschaft da wäre, welche oben den ersten Stock mieten wollte.

»Liebe Freundin«, sagte die Baronin auf Französisch, »wir wollen uns das bequemste und anmutigste Leben etablieren. Heute abend erscheinen Sie zum ersten Male im Konversationssaale, wo die Zimmer rechter Hand der gewähltem Gesellschaft gehören; morgen machen wir eine Partie nach Eberstein, und für übermorgen ist ein großer Picknick nach der Schloßruine angesagt. Der Graf hat sich schon erklärt, daß er für seinen Teil den Champagner liefert.«

Die achtzehnjährige junge Frau lächelte beklommen und wußte sich nicht anders zu helfen, als daß sie von dem phantastischen Schlafrocke der Baronin sprach, den sie wunderbar schön fand. Die Baronin küßte ihr dafür die Hand und antwortete: »Oh, wie liebe ich Sie!« Dann aber begann sie den Anzug der Gräfin zu mustern und entwickelte ein sehr feines kritisches Talent, welches jedoch heute nicht mehr die schmeichelhaften Resultate wie gestern hatte. Sie sagte: »Herrliches, bestes Wesen! Sie kleiden sich nicht gut. Wir müssen nach Straßburg fahren und Stoffe für Sie kaufen. Blond und blau ist zu jugendlich, zu mädchenhaft. Man verbindet jetzt blond mit schwarz; Sie behalten ja den Vorteil Ihrer achtzehn Jahre immerhin, wenn Sie auch wie einundzwanzig aussehen. Nicht wahr, Graf Wartenberg?« – »Allerdings«, bemerkte dieser, der sich daran zu weiden schien, eine Frau zu haben, die beinahe noch ein Kind war. Die Baronin, kaum älter als vierundzwanzig Jahre, nahm darum, daß sie Imaginen erzog, noch nicht das Aussehen einer Bonne[14] an. Sie bat, ihr zu erlauben, einige kleine Bemerkungen über die neueste Mode der Saison zu machen. Während Imagina ihrem Unterrichte zuhorchte, zupfte die Baronin bald da, bald dort an ihren Kleidern und erklärte die Taille derselben für ebenso verfehlt wie den Ausschnitt der Brust nicht schließend genug. Ach, recht armselig, unbedeutend und kindisch kam sich Imagina vor, als sie die Stufen hinaufstieg, die in den ersten Stock führten. Sie hätte weinen mögen, als ihre Blicke auf August fielen. Sie begriff nicht, wie sie dazu käme, sein unwürdiges, unerzogenes und unbedeu-

---

[14] Französisch sprechendes Kinderfräulein.

tendes Weib zu sein. Die Wohnung wurde für zweckmäßig erkannt, behandelt und noch im Laufe desselben Tages bezogen.

Eine neue Wohnung wird uns nur dann heimisch, wenn wir zum ersten Male darin geschlafen haben. Für Imagina reichte aber schon ein Lindenbaum, der eines ihrer Fenster beschattete, hin, es ihr traulicher zu machen als den Gedanken, noch heute der großen Welt mit ihrer ungenügenden Toilette Anstoß geben zu sollen. Sie sah beruhigt ihrem Gatten nach, der allein gehen zu wollen erklärte und dann Feodoren begleitete. Sie blieb daheim, und als am folgenden Vormittage die Baronin erschien, um einen Gegenbesuch zu machen und das Verschieben der Ebersteiner Partie um einige Tage anzukündigen, als sie in einer Fülle von kleinen Artigkeiten wieder von der strengen Weltdame hören mußte, daß sie das Französische nicht fashionable geläufig genug spräche, da war ihr gleichsam außer dem Verbot, sich irgendwo öffentlich sehen zu lassen, auch der Befehl gegeben, überall zu schweigen. Imaginas Hände zitterten in denen der Baronin. Sie hatte keinen Mut mehr, dieser Frau gegenüber einen Willen zu haben, sie dankte mechanisch für die Bücher, die die Polin ihr zu lesen geben wollte, hörte wie abwesend, was sie über die Bequemlichkeiten des Hauses und der Menage von ihr mitgeteilt bekam. Es war nicht Bosheit, nicht Hochmut, sondern rein tödliche Verlegenheit, als sie der Baronin auf diese Mitteilungen wegen Frühstück, Mittagessen, Wäsche erwiderte: »Wollen Sie das alles gefälligst meiner Kammerjungfer sagen!«

Die Baronin biß sich vor Wut auf die Lippen und empfahl sich kalt. Imagina bekam durch Andres einen Pack französischer Bücher, der so umfangreich war, daß der schlesische Landsmann seine Verwunderung äußerte, die Gräfin würde doch bei dem schönen Wetter hier nicht anfangen wollen zu lesen. »Überhaupt«, sagte Andres, »sitzen Sie viel zuviel zu Hause! Sie haben sich ja ganz umgekehrt. Landrat würden das kaum glauben. Gehen Sie doch mehr aus! Es sind so viele Schlesier hier, auch Breslauer. Manche Gesichter kann ich nur nicht unterbringen, wo ich sie zuerst gesehen habe. Es sind gewiß auch ehemalige Breslauer Studenten da!«

Dem guten Andres ging eben nichts über Breslauer Studenten. Diese waren ihm die Zierde jeder Gesellschaft, die eigentlichen Söhne der Götter, die überall das Vorrecht hatten, den feinsten Ton anzugeben. Als Imagina lächelnd an der Anwesenheit von Breslauer Studenten zweifelte, sagte Andres: »Nein, nein, wirklich, gnädige Frau, es sind welche hier, aber verkleidet.«

Mehrere Tage brachte Imagina damit hin, die ihr von der Baronin geliehenen Romane zu lesen. Sie waren von George Sand und regten ihre Phantasie, die ohnehin zum Hinüberschweifen ins Ideale geneigt war, wie Opium auf. Eines Abends hatte sie »Jacques« beendigt, und alle Pulse flogen ihr. Sie fühlte, daß sie diesen Zustand einer freiwilligen Verbannung nicht länger aushielt, raffte sich mit schnellem Entschlusse auf und hatte die Absicht, das Wildeste zu tun, was bis jetzt in ihrer jungen Ehe vorgekommen war, nämlich in der Abenddämmerung mit ihrem Kammermädchen allein auszugehen. Wo August weilte, wußte sie nicht. Die Vormittage war er unten bei der Baronin, die Nachmittage schlief er, und des Abends kam er vor elf, zwölf Uhr nicht nach Hause. War er im Konversationssaal, so gefiel sich die verlassene junge Frau in der Idee, ihn dort zu überraschen. Sie setzte keck den Fuß auf die leer gewordene Kieselpromenade vor dem Portal des Saales. Sie folgte dem Glanz der Kronleuchter, stieg einige Stufen empor und betrat das glatte Parkett des von der Menschenmasse rauschenden großen Saales. Sie wußte nicht, welcher Mut heute über sie gekommen war. Die Lorgnetten und unverschämten Blicke der Dandys kümmerten sie nichts. Sie drängte sich sogar in die Nähe der Spieltische. An dem Roulett ging sie vorüber, weil es zu besetzt war. Aber im Nebensaale, wo ein gleichmäßig kalt monotones: »Rouge gagne – perd la couleur«[15] variiert wurde, machte sie halt, sah auf dem grünen Tuche kleine Haufen Goldes und Silbers, irrte in den Physiognomien der Spielenden flüchtig umher und zuckte erschrocken auf, als sie einen jungen, blassen Mann mit schwarzem Haar, starkem Bart, eleganter weißer Weste, in welche er nachlässig die Finger steckte, erblickte. »Prinz Wismut!« hauchte sie lächelnd, ihres törichten Einfalles sich bewußt, aber sie schwankte einige Schritte zurück und fuhr sogar zusammen, als ihr August, der Feodoren führte, leise auf die Schulter schlug. Allmählich erst mußte sie sich besinnen, daß sie ihre Anwesenheit zu erklären hatte. Sie tat es dann und ließ sich von der Baronin, die ganz außer sich vor Entzücken über ihre Be-

---

[15] Rot gewinnt – die Farbe verliert.

gegnung schien, durch die Säle führen, vermied aber, noch einmal dem Tische zu begegnen, wo sie sich so plötzlich überzeugt hatte, daß Andres für ehemalige Breslauer Studenten ein merkwürdig untrügliches Auge hatte. Denn Prinz Wismut, der Sohn des Königs Kobalt, für den die sieben Todsünden vom Teufel zum Versatz gegeben waren, war der Student, den sie vor fünf Jahren zum ersten Male erblickt und dessen sie später, wenn die Pension vor den Toren spazierenging, noch öfters ansichtig wurde und dem sie törichterweise manche geheime Träumerei gewidmet hatte.

Graf August schien von dem kleinen Beweis von Selbständigkeit, den seine Gattin eben gegeben hatte, zum Verdruß der Baronin ganz außerordentlich erfreut. Noch mehr verwunderte es ihn, sie im Kreise von allerlei schöner Welt, die sich um sie sammelte, so beredt, so angeregt, so teilnehmend zu finden. Die erst vor kurzem beendigte Lektüre George Sands entfesselte auch die Sprachgeläufigkeit der Zunge, die heute das fließendste Französisch sprach. Zwar zupfte die Baronin zuweilen das junge, so elektrisierte Wesen und sagte ihr heimlich ins Ohr: »Man sagt nicht im Französischen dies, man sagt nicht das –«, aber Imagina hörte nicht auf diese ewige Bevormundungs- und Erziehungswut einer Frau, die ihr keine Verehrung mehr abgewinnen konnte. Die Baronin verstummte.

Am folgenden Morgen erklärte auch Imagina, an der für heute bestimmten Partie nach Schloß Eberstein teilnehmen zu wollen. Ihr Gatte machte dazu ein lächerlich befangenes Gesicht und schickte den Bedienten zur Baronin hinunter, ihr diesen Entschluß seiner Frau anzukündigen. Es währte nicht lange, so erschien die verschmitzte Polin selbst, warf sich Imagina an den Hals und vergoß einen Strom von Tränen.

»Gerechter Gott, was ist Ihnen?« fragten die beiden jungen Ehegatten.

»Ich fühle«, sagte Feodore zu Imagina, »daß ich Ihnen nicht gefalle, daß Sie kein Vertrauen zu mir haben und meine Freundschaft nicht erwidern. Wären Sie gestern nicht zur Gesellschaft gekommen, so hätte ich mich Ihnen heute zu Füßen gestürzt und Sie um Teilnahme an dieser Partie gebeten. Ich habe nie ein weibliches Wesen auf den ersten Blick so liebgewonnen als Sie, Gräfin, die Sie in allem vor mir bevorzugt sind! Ich will leiden, dulden; ich will nicht verzweifeln, wenn Sie meine Liebe nicht erwidern; aber diese Liebe aussprechen muß ich, Imagina, Sie haben keine größere Freundin auf der Welt als die arme Feodore Zaluska!«

Dem guten August standen die Tränen in den Augen über diese gefühlvolle, hingebende Frau. Da Imagina mehr erschreckt als erfreut stand, ärgerte er sich über die Kälte und Befremdung seiner Frau, die der Baronin nur einfach die Hand reichte und leise erwiderte: »Ich will mich bemühen, Ihre Freundschaft zu verdienen.« Dafür küßte ihr Feodore stürmisch die Hände und sagte, von dem heutigen Tage an wollte sie das Glück ihres Lebens berechnen.

Der Wagen fuhr vor, Andres stand in Livree hinten auf. Feodore und Imagina saßen im Fond, August ihnen gegenüber. In der Lichtentaler Allee stießen die andern Teilnehmer der Partie zu ihnen, und hinauf ging es durch sich schlängelnde Pfade, bald durch liebliche Wiesen, bald durch schattiges Gebüsch, bald steil, bald sanft sich hebend, bis empor zu dem wiederhergestellten Residenzschlosse des Großherzogs mit seiner wunderbaren, nur mit der Salzburger Ebene zu vergleichenden Aussicht in das reizende Murgtal.

Bei einer für die Rosse besonders beschwerlichen Stelle stieg man aus. Wie man so langsam in der heißen Sonnenhitze emporstieg, zeigte Andres, der hinter seiner Herrin herging, auf einen Mann, der linker Hand vom Wege tief in einer unteren Schlucht des Berges, unter rauhem Gestein, verweilte, und sagte: »Sehen Sie den, der hat in Breslau studiert!« Imagina blickte hinunter und sah den jungen Mann von gestern abend, der dicht in einer schroffen Felswölbung stand und mit dem Hammer eines kleinen Spazierstöckchens dermaßen prüfend an die Steine pochte, als wollte er sagen: Tut euch doch auf, ihr Berge, und laßt mich einziehen in euern Schoß.

Imagina stand traumverloren. Der weltberühmte Virtuose, der die Partie mitmachte, sprang hinzu und bot sich keuchend der an Bergsteigen gewöhnten jungen Gräfin zur Unterstützung an. Wenn diese stillstand, so war es nicht die Erschöpfung von der Sonne und dem Wege, sondern der Schreck über dieses wunderliche Zusammentreffen jener Erscheinung unten mit den mystischen Voraussetzungen, die ihre Phantasie an diesen jungen Mann geknüpft hatte. Sie war vernünftig genug, an keine ins Leben hereinragende Wunderwelt zu glauben, und doch war dieses Klopfen und Pochen des Prinzen Wismut an seine Heimat, das Reich der Gesteine, so sonderbar, daß sie in der Tat über den Witz des Zufalls nicht zu lachen wagte. Der Virtuose sprach wieder von quatre mains und von seinen Transskriptionen und bemerkte mit schmerzlichstem Bedauern, daß ihn das Schicksal an den Wagen einer russischen Knäsin[16] fesselte, die hinter ihnen herfahrend aus den ihrer wohlbeleibten Fülle entquellenden feurigen Augen schon giftige Blicke der Eifersucht schleuderte. »Mais, mon cher Udolpho«, schrie die Knäsin, »vous serez incurablement fatigué! Regardez vos concerts, vos soirées, vos discours solennels, vos toasts philanthropiques, vos mille et une fatigues!«[17] Es half nichts: der weltberühmte Virtuose kehrte seufzend in sein bewunderndes Sibirien zurück. Imagina aber, den Sitz ihres Wagens wieder einnehmend, träumte von dem Jünglinge, dem es vielleicht wehe wurde auf dieser Erde und der sich sehnen mochte, zu seinem Vater heimzukehren, zu seinen geliebten Zwergen unter ihrem teuern Bischofswalde, und sogar Tränen traten ihr ins Auge, so daß sie sich abwenden mußte. Für den fernern Verlauf der Schloß-Ebersteinschen Partie war die Hoffnung umsonst, aus Gräfin Wartenberg wieder den kecken, liebenswürdigen Übermut von gestern hervorbrechen zu sehen. Was sie gestern in der großen Welt gewonnen hatte, verlor sie heute wieder. Sie war in völlig träumerische Abwesenheit versunken und blickte, als man oben unter kühlenden Linden ein ländliches Dejeuner einnahm, sinnend die hohe Terrasse hinunter in die tiefe, malerische Ebene mit den grünen Ufern des sich schlängelnden Stromes und den langen, gelblichen Flecken, wo schon das Korn gemäht war. Kapellen blickten still und fromm herauf aus den Gebüschen, und hellgestimmte Glocken drangen, das Herz bewegend, empor in die frivolen französischen Gespräche, die Imagina gar nicht mehr hörte. Wenn der junge Mann vielleicht ein Spieler war, verloren hatte und seinen Schmerz zu zerstreuen gesucht hatte?

---

[16] Fürstin.

[17] (franz.) Aber mein lieber Udolpho, Sie werden sich völlig verausgaben! Denken Sie doch an Ihre Konzerte, Ihre Soireen, Ihre Festvorträge, Ihre philanthropischen Toasts, Ihre tausendundeine Verpflichtung!

Am folgenden Tage fand der große Picknick auf der alten Schloßruine statt. Imagina schwankte, ob sie an der Verwirklichung dieser
Idee, die durch das Organisationstalent der Baronin hervorgerufen
war, teilnehmen sollte. Lächelnd aber sagte sie sich: Vielleicht finde
ich da den Sohn des Königs Kobalt wieder, den unglücklichen, in
diesem Spielbade verdorbenen Prinzen Wismut, oder ich überzeuge
mich, ob er gestern Einlaß fand zu seinem teuern Vater und den
Kampf mit dem Fürsten der Hölle aufgegeben hatte. Andres ängstigte sie mit seinen aufgerafften Erzählungen von schrecklich viel
verspielten Geldsummen. »Der Breslauer Student«, fügte er hinzu,
»hat gestern gewiß da unten in der Höhle gedacht, neue Dukaten zu
finden. Der spielt auch schmählich. Gestern abend hab ich's durchs
Fenster gesehen, da wir dienende Menschenklasse abends in den
Konservationssaal (so nannte ihn Andres) nicht hineindürfen. Solche Spieler sehen verbiestert aus, wie immer unser Gendarm Fritze
zu Hause sagte. So ein Mensch grüßt nicht, selbst wenn er einen
noch von Breslau her kennen täte. Und wenn's ihnen mal recht
schief geht und sie nichts mehr zu verspielen haben, ich glaube, sie
könnten stehlen, morden und totschlagen. Andere gehen gleich
drüben in den Rhein.«

August hatte den ganzen Morgen schon nichts anderes im Kopf
als zu dieser Partie den Champagner, den er liefern wollte. Aus
allen Gasthöfen lieh er sich Gefäße zum Abkühlen, und von morgens früh schon an saß er im Keller des Hauses vor einem Berge
von Eis, um seine sechzehn Flaschen, die er in die Freude hineinlie-
ferte, im »feurigsten« Zustande vorzuzeigen; »denn«, sagte er,
»Champagner ist nur dann feurig, wenn er eiskalt ist«. Die russische
musikenthusiastische Knäsin hatte von Straßburg Gänsleberpasteten kommen lassen. Eine vornehme geadelte jüdische Bankierherr-
schaft lieferte einen farcierten »durch und durch« getrüffelten Wild-
schweinskopf; ein Pair von Frankreich hatte schon seit zwei Tagen
seinen Koch auf der Ruine etabliert, um einen Eiskeller anzulegen
für Sorbet und allerhand Gefrornes. Ein ungarischer Magnat lieferte
zehn Schüsseln österreichischer Backhändl; ein »Autonome« aus
Westfalen und großer Jagdfreund hatte per Kurier Wildpret kommen lassen, das jedoch von dem frischeren Wildpret eines würt-
tembergischen Grafen ausgestochen wurde. Ein englischer Vis-
count, der sehr das Angeln liebte, schickte ein Netz Forellen. Alle

diese Speisen wurden von der schreienden und tobenden Gesellschaft unter den uralten Eichbäumen mit einem wahrhaft diplomatischen Hunger verzehrt; nur die arme dicke Knäsin hatte das Unglück, daß ihre Gänseleberpasteten nicht ansprechen wollten, worüber sie untröstlich war und den weltberühmten Virtuosen aufforderte, sein nächstes Notturno in einer schmerzhaften Tonart, in a-Moll, zu setzen.

Die träumerische junge Gräfin aber fand diese Gesellschaft so widerwärtig, den Ton so frei, das Durcheinander so schnatternd, die Eitelkeit der Frauen so herzlos, die Einbildungen der Männer so fade, daß sie in Verzweiflung geriet. Aus dem wilden Chaos dieses hochadligen Picknicks, das in grellem Kontrast zur Ehrwürdigkeit des Orts und den ländlich einfachen Erfrischungen der übrigen Gäste der Schloßwirtschaft stand, flüchtete sie in das dunkle Gemäuer der alten Ruine, durchschritt einen verfallenen Rittersaal mit grünem Rasen als Fußboden, stieg Treppen und Leitern hinauf, die zur Erleichterung des Besuches dieser schönen Ruine angebracht waren, und war mutig kletternd bald auf der höchsten Mauer, die vor verwittertem Moos und jungen Grashalmen ängstlich glatt zu betreten schien; doch schützte ein Geländer vor jeder Gefahr.

Längst war die Sonne jenseits des Rheins im Sinken begriffen. Innig bewegt, weidete Imagina ihr Auge an der schönen Fläche, die nach dem hehren Strome hin, nach Speyer zu und dem Hardtgebirge, sich ausdehnte. Deutlich sah sie den Rauch eines Dampfwagens, der von Straßburg heraufkam, sah ihn durch die abgeerntete Gegend sich schlängeln und hörte bis hierher in die blaue luftige Einsamkeit den Pfiff der Lokomotive. Das Geschrei des wilden Picknicks verhallte unter dem grünen Gewölbe der uralten Eichenstämme. So mochte sie lange gesessen und geträumt haben, bis sie sich umwandte. Ein tödlicher Schreck für sie! Der junge Fremde mit dem blassen Antlitz stand dicht vor ihr, der Spieler, der Student aus Breslau, Prinz Wismut, eine Erscheinung, die für sie, ohne es zu ahnen, schon eine förmliche Lebensgeschichte hatte. Ohne es zu ahnen? O wohl! Wer ahnt denn, was wir denen oft sind, die kalt an uns vorübergehen und uns nicht zu kennen scheinen!

Der junge Mann sprach etwas von der Schönheit der Gegend – er sprach deutsch! Ach, wie wohl tat ihr das nach dem vielen näselnden Französisch! Er sprach von dem ehrwürdigen Schauer einer solchen Ruine und dem sonderbaren Kontrast einer so heiter modernen Gesellschaft. Er schilderte das Niedersteigen von den Trümmern als nicht gefahrlos und begleitete Imagina, die in der Tat zu stürzen glaubte, als der Fremde einige Steine abbröckelte und sie sorgsam betrachtete und dann wegwarf. Was hatte er nur ewig mit den Steinen? Wie sie die Ruine hinunterkam und was sie gesprochen hatte, wußte sie nicht. Nur das sah sie, daß unten Feodore mit dem Champagnerglase auf sie zutrat und, einen Moment ihre Begleitung betrachtend, entsetzt das Glas fallen ließ. Sie hatte von dem Fremden eine lächelnd ironische Begrüßung empfangen. »Kennen Sie diesen Herrn?« fragte die Baronin. Imagina sagte nein! und erstaunte, daß er Feodoren bekannt zu sein schien. Aber die Polin sagte gleichgültig: »Es ist eine Physiognomie, die sich mir einmal auf dem Donaudampfboote eingeprägt hat, als ich Konstantinopel besuchte. Der Herr ist aus Siebenbürgen.« Damit verlor sie sich in die Gesellschaft und war zur Zeit der Niederfahrt von der Ruine so kleinlaut, daß es auffiel. Sie schützte Kopfweh vor und schob die Schuld auf den Champagner, wodurch sich Graf August beleidigt fühlte.

Imagina aber hatte nur noch einmal zerstreut und für sich heiter und ausgelassen ausgerufen: »Siebenbürgen?« und der zum Versatz gegebenen sieben Todsünden, der sieben Bürgen gedacht, dann aber war sie heiter und fast ausgelassen. Machte es der Ärger der Polin oder die Begegnung mit dem Prinzen Wismut oder der Champagner, man gratulierte wieder dem Grafen zu seiner reizenden, liebenswürdigen Gemahlin.

V

Die Erzählung ist nicht berechtigt, aus diesen Begegnungen irgendein Ereignis früher hervorzuheben, bis es in seinem vollen
Zusammenhange erklärt und unzweideutbar dasteht. Es entspan-
nen sich für den fernern Verlauf der Badener Saison folgenreiche
Tatsachen, die jedoch auf der Oberfläche der Gesellschaft nicht zum
Vorschein kamen. Im Gegenteil nahm das fernere Leben so sehr den
Charakter einer monotonen Langeweile an, daß Graf Wartenberg
die Abreise vorbereitete und Baden verließ, nachdem sich etwa
noch folgende Punkte als erinnerungswert herausgestellt hatten.

Der Virtuos, der einmal nicht leiden konnte, wenn ihm nicht alles
huldigte, ruhte nicht, bis er für die schlesische Gräfin einen Flügel
aufgetrieben und Quatre-Mains-Partien eingeleitet hatte. Die Knäsin
war nach dem Unglück mit den Pasteten jetzt doppelt in Verzweiflung und führte bei einer Matinee, die der Virtuose zu zehn Francs
das Billett im Konversationssaale gab, Szenen eines Enthusiasmus
auf, der nur von Berlinerinnen hätte übertroffen werden können.
Wie hätte diese kleine runde Fürstin der Baronin Zaluska gedankt,
wenn sie gewußt hätte, daß diese die Ursache der allmählich wieder
eingestellten Quatre-Mains-Partien wurde!

Die Polin verriet nämlich seit dem Schloßpicknick eine auffallende Unruhe. Einige Male sprach sie von baldiger Abreise, öfter aber
noch von einem Wohnungswechsel. Um letztern möglich zu machen, erklärte sie sich auf das heftigste über die sentimentale Zu-
dringlichkeit des Virtuosen gegen Gräfin Wartenberg. In einem
Anfall von Leidenschaft, der sie hier wirklich einmal etwas Wahres
äußern ließ, sagte sie in Gegenwart des Grafen und seiner jungen
Frau: »Ich leide zu heftig an den Nerven, als daß ich einen solchen
musikalischen Lärm in meiner Nähe ertragen könnte. Ohnehin ist
mir dieser eingebildete Künstler verhaßt. Ich begreife nicht, wie sich
Frauen so wegwerfen können und einem Menschen entgegenkom-
men, dessen Koketterie in jeder Stadt, wo er auftritt, nicht eher ruht,
bis er nicht die ersten Frauen der dortigen Gesellschaft zu seinen
Füßen sieht. Was sich nur an Geist, Schönheit oder Rang auszeich-
net, muß sich ihm gegenüber schwach gezeigt haben. Manche, wie
diese russische Fürstin, werfen sich ihm geradezu an seine ordenge-

schmückte Brust, andere muß er langsamer erobern. Dieser Mensch ist, von Stadt zu Stadt ziehend, ein wandelndes Bild der männlichen Untreue. Ihn nur in meiner Nähe zu wissen, ist unerträglich. Ich werde ausziehen.«

August war darüber in Verzweiflung, und Imagina versprach ohne weiteres, diese Beziehung abzubrechen. Sie bewunderte Feodorens tugendhafte Entrüstung und glaubte dem Virtuosen durchaus nicht, als dieser einmal in seiner gewählten Ausdrucksweise äußerte: »Feodore Zaluska ist meine Gegnerin. Sie hat ein unmusikalisches Ohr. Sie kann nicht ausstehen, daß durch mich in die Badesaisons Poesie, Kunst und Phantasie kommt; sie will nur ihre Picknicks, die noch überall, wo sie damit auftauchte, in Kissingen, Homburg, Ems, mit einem Jubel von Vorbereitungen anfingen und mit Verstimmung endigten. Und meine gute Freundin, die russische Knäsin, ist überall bestimmt, das Opfer dieser verschmitzten Polin zu werden. Sie weiß es immer so anzuordnen, daß die Speisen der gemütlichen kleinen Russin dann an die Reihe kommen, wenn schon alles gesättigt ist, und wie wir diesmal die Gänsleberpasteten beinahe den Hunden hätten vorwerfen können, so ist es uns in Karlsbad mit einem Dutzend böhmischer Fasanen und in Ems mit einer etruskischen Vase voll getrüffelter und entknöchelter Rebhühner gegangen. Sie können sich denken, gnädige Gräfin, was ich unter diesen gastronomischen Intrigen und antimusikalischen Verstimmungen zu leiden habe.«

Imagina verstand nicht, in welcher Absicht der in diesem Falle so treffend urteilende Virtuos seine leidenschaftliche Freundin preisgab, und wie er nur hatte andeuten wollen, daß sein Herz in diesem Augenblicke gern ein neues Engagement gehabt hätte. Sie bedauerte, daß wegen bevorstehender Abreise die musikalischen Übungen aufzuhören hätten, und schenkte ihm ein sehr geschmackvolles, mit echten Steinen verziertes Falzbein von Perlmutter, wodurch sein vornehmer Sinn bewogen wurde, ihr als Gegengeschenk einen reichvergoldeten Briefbeschwerer zu verehren.

Die Abreise wurde aber doch noch aufgeschoben. Und, was auffallend war, eines Morgens war die Baronin wirklich ausgezogen. August, starr über diesen plötzlichen Entschluß, konnte denselben nur als die Folge eines für ihn erkalteten Interesses ansehen. Daß ihn die lebensfrohe junge Frau gefesselt hatte und seinem fröhlichen Sinne fast zum Bedürfnis geworden war, entdeckte er nun erst. Imagina forschte den Gründen dieser Trennung nicht nach; denn auch viel zu sehr beschäftigte sie ein Erlebnis, das sie noch am Abend vorm Auszuge der Baronin hatte. Sie hätte doch schwören mögen, in einem etwas lebhaften Gespräche im untern Stock die Stimme des blassen Fremden erkannt zu haben. Auch das heftige Hinschütten einer bedeutenden Summe Geldes auf den Tisch war ihr vernehmbar, und endlich glaubte sie völlig sicher zu sein, daß der Fremde, begleitet von der Polin, in der Dunkelheit des Gebüsches vor ihrer Wohnung verschwand.

Das Entsetzen über die Bestätigung eines Verdachts, der ihr Schmerz verursachte, mußte um so größer sein, als Imagina inzwischen mit jenem Fremden, wie wir später sehen werden, in ein eigenes Verhältnis getreten war. Noch vierzehn Tage lang verrieten ihre Mienen eine auffallende Abwesenheit der Besinnung, ein sonderbares Träumen, sogar eine Unruhe des Gewissens. Als der Fremde ganz und gar verschwand und wenigstens am Spieltisch nicht mehr gesehen wurde, entstellte Gram die Züge der jungen Frau, und unablässig schrieb sie und zeichnete, und wehmutsvoll nahm sie zuletzt von Baden selbst Abschied. In der Schweiz trafen die Reisenden so unfreundliches Wetter, daß der Besuch des Berner Oberlandes aufgegeben werden mußte, und der Rhein, den sie später noch hinabfuhren, war selbst bei Sonnenschein nur noch geeignet, sie feierlich und ernst zu stimmen.

Augusts Absicht war, den ersten Winter seiner Ehe in Berlin zuzubringen und sich dann im nächsten Jahre auf seine schlesischen Güter zu begeben, deren Bewirtschaftung sein eigentlicher Lebensberuf war. Da traf ihn in Magdeburg die Kunde vom Tode seines Vaters. Der Schlag war für ihn von lähmender Wirkung. Wohl fand er sich in einen Verlust, der bei den Jahren des Verstorbenen und dessen Kränklichkeit vorauszusehen war, aber eine Menge anderer Pläne schien ihm durch diese Nachricht so durchkreuzt, so vereitelt, daß er vor Mißmut und Ärger zu keinem Entschluß kommen konnte. Seine Frau hätte bei dieser Ratlosigkeit zum ersten Male Gelegenheit gehabt, etwas von jener unterstützenden Kraft, welche die Ehe gewähren soll, durch Zuspruch und Teilnahme zu offenbaren; aber zu weit schon war zwischen ihnen eine Kluft gerissen, zu wenig war seine Gattin schon durch Leiden und Gewöhnung Meisterin jener Kunst geworden, die in einer unglücklichen Ehe zufällige Begegnisse als Trümmer aufgreift und aus ihnen eine Brücke leidlichen Verständnisses baut. Richtiger gesagt, konnte eine Trennung der Stimmungen deshalb nicht erfolgen, weil sie äim Grunde sich noch gar nicht geeinigt hatten. Die angenehme Anregung einer Reise ist ja nicht das Leben! Wie oft kommen die, welche auf einer sogenannten Hochzeitsreise ihre Flitterwochen vor der Welt zur Schau tragen, in den künftig von ihnen auszufüllenden Lebenskreis ermüdet und in ihren Ansprüchen an das Leben überreizt und verwöhnt zurück! Imagina, die kaum wußte, wie sie den Aufenthalt bei ihrer würdigen Erzieherin mit der Ehe vertauschte, hatte gesucht und gesucht, mit dem blonden Grafen August auf einen traulich befreundeten Ton zu kommen. Es war unmöglich gewesen. Diese Reise hatte mehr entfremdet als vereinigt, beide aneinander eher ermüdet als gehoben.

Ihres Gatten Verzweiflung, daß er nun zur Ordnung und zum formenreichen Antritt seiner Erbschaft statt nach Berlin auf seine Güter gehen mußte, teilte sie nicht. Imagina, die nicht den Mut hatte, zu fragen, ob es ihm denn so fürchterlich wäre, mit ihr allein den Winter in Schloß Wartenberg zu wohnen, äußerte nur, daß sie selbst sehr wenig Verlangen nach Berlin trüge. Aber August mußte zuviel Plane auf diesen Winteraufenthalt gebaut haben. Welches diese waren, verschwieg er; wichtige mußten es sein, da er den ganzen Vormittag am Schreibtisch zubrachte und eine Menge Briefe zur Post trug.

Es waren schon unfreundliche, regnerische Oktobertage, als das junge Paar in die Hallen des Schlosses Wartenberg einzog. Nirgend zeigte sich eine Spur geordneter Vorbereitung. Das weitläufige, aus dem siebzehnten Jahrhundert stammende Gebäude zeigte zwar nirgend eine Spur von Vernachlässigung, aber die Zimmer, die von Imagina bewohnt werden sollten, fanden sich zur Zeit noch ohne jede Bequemlichkeit. Dennoch fand sich Imagina darin (einige waren noch ohne Schloß und Riegel) leidlich zurecht.

Desto verstimmter war August. Zuviel mußte ihm mit dem Berliner Projekt verdorben worden sein. Und seine lebhafte nach außen geführte Korrespondenz machte ihn immer einsilbiger und düsterer. Die Geschäfte der reichen und weitläufigen Besitzungen nahmen ihn, den zur Bequemlichkeit sich neigenden jungen Erben, in für ihn drückender und lästiger Weise in Anspruch, so daß ihm Imagina herzlich gern einen Ausflug nach Breslau gönnte, den er der Erbschaftsregulierung halber auf acht Tage unternehmen mußte.

Diese acht Tage gingen rasch vorüber. Es war am ersten Tag der neuen Woche, als sie beim Erwachen im Hofe das Rasseln eines ankommenden Wagens hörte. »So bald kehrt er zurück, so pünktlich ist er!« sagte sie, hastig aus dem Bett springend, und zugleich fielen ihr die für ihn angekommenen Briefe ein, die oben auf seinem Zimmer warteten und in deren Adresse sie die Federzüge der Baronin Zaluska erkannt zu haben glaubte. Ob ihn diese Briefe so rasch zurückführen oder Mitleid mit mir! dachte sie bei sich und klingelte. Wie erstaunte sie aber, als sie erfuhr, daß der eben Angekommene nicht der Graf, sondern ihr Vater war. Sie stieß einen Freudenschrei aus, konnte sich kaum gedulden, die notdürftigste Toilette vorzunehmen, und wollte in die Zimmer hinaufstürmen, in welchen der Landrat abgestiegen war.

Auf der Hälfte der Treppe tritt ihr aber der Gendarm Fritze entgegen, legt militärisch die Hand an seine Dienstmütze und berichtet trocken, daß der Landrat verboten hätte, seine Tochter zu ihm zu lassen. Er würde selbst kommen. Befremdet kehrt sie in die Wohnzimmer zurück, läßt alle möglichen Anordnungen zur Bequemlichkeit ihres teuern Gastes treffen, richtet einen Tisch zum gemeinschaftlichen Frühstück her, wartet mit pochender Ungeduld, wartet, wartet, eine Viertelstunde vergeht, noch eine. Es dauert eine ganze Stunde, bis der Landrat erscheint. Wie der Vater eintritt, will ihm die Tochter an den Hals fliegen. Er weist sie zurück. »Gerechter Gott! Was ist, Vater? Womit hab ich diese Begrüßung verdient?« – Statt der Antwort wirft der Landrat einen geöffneten Brief auf den Tisch. »Lies!« sagt er kalt. Sein gefoltertes Kind sieht den Brief an, er war von August und trug den Breslauer Poststempel. »Was soll ich denn lesen?« fragte sie zitternd. »Was will mein Mann?« – »Scheidung!« knirschte der Landrat zwischen den Zähnen und zog zwei Pistolen aus der Tasche, die er feierlich auf den Tisch legte.

Es war nun der jungen Frau, als vergingen ihr die Sinne.

»Lies!« wiederholte der Vater dringend und bedeckte die Pistolen mit einem seidenen Taschentuche.

Zitternd durchflog sie das Papier. Doch rannen ihr die Buchstaben durcheinander. Sie verstand kein Wort von dem, was sie las.

»So will ich dir sagen, was der Brief enthält«, begann der Landrat, als er ihren Zustand bemerkte. »Nach einer Ehe von kaum drei Monaten will sich dieser Don Juan von dir trennen, weil er behauptet, eure Naturen paßten nicht füreinander. Wahrhaft kindisch und läppisch mußt du dich auf der Reise benommen haben! Wie könnte der Mensch sonst schreiben, daß du ihm zu traurig und zerstreut seist! Er gibt sich zwar das Ansehen, deinen Charakter nicht antasten zu wollen, aber, bemerkt er, besser sich im ersten Augenblick eines sich einwurzelnden Mißverständnisses trennen, als an solchem Ungemach sein ganzes Leben hindurch zu kränkeln. Das hat ihm ein guter Freund so eingegeben. Er ist zu dumm, das geschrieben zu haben! Was erwiderst du?«

Als Imagina nicht antwortete, deckte der Landrat das Tuch von den Pistolen ab und sagte: »Hier die Antwort an diesen Schwiegersohn. Mit deiner Mutter habe ich ihr ganzes Leben hindurch nicht harmoniert, aber nie hätte ich mir einfallen lassen, ein Geschöpf, das ich einmal gewählt, deshalb durch eine Scheidung zu blamieren.«

»Wieso?« sagte Imagina stolz.

»Davon verstehst du nichts«, fuhr der Landrat polternd fort. »Ein Makel der Art läßt sich nicht auslöschen. Deine Zukunft ist verdorben. Und wem zuliebe? Diesem leichtsinnigen Tropf, der sich einbildet, mir eine solche Sprache führen zu dürfen. Du weißt doch auch, daß du katholisch bist?«

»Was sollen nur diese Mordgewehre?« fragte Imagina sich sammelnd.

»Ich soll dulden«, antwortete der Landrat aufbrausend, »daß ein junger Laffe meine Tochter heiratet und nach drei Monaten von Trennung spricht, weil die Naturen nicht zusammenpassen wollten? In drei Monaten soll sich eins verstehen lernen? Seit dreizehn Jahren verstehe ich meinen Oberpräsidenten nicht. Noch in zehn Jahren kommen manche Ehen nicht ins Geschick, und dann sind's erst noch die Kinder, die eine Brücke zum Verständnis bauen, und dieser, dieser Taugenichts, dieser ...«

Imagina beschwor den Vater, sich zu mäßigen. Aber der alte Haudegen war gegen seinen Schwiegersohn so zornig wie gegen sie. »Schäme dich«, sagte er, »deinem Manne nicht besser gefallen zu haben! Mit deinem Gesicht, deinem Wuchs, deiner Erziehung – es ist eine Schande, so wenig Eindruck auf einen Mann zu machen. Nie hab ich mit deiner Mutter zusammengepaßt, und doch mußt ich sie gewisser Gründe wegen liebhaben. Es ist auch unmöglich, daß das der einzige Grund seiner Abneigung ist. Er wird heute abend hier eintreffen, ich habe ihm schriftlich sein Ehrenwort darauf abgenommen. Er soll mir die Wahrheit sagen, und wehe dir, wenn ich Dinge erfahre, die nicht in der Ordnung sind!«

Die Vorstellung eines solchen hier abzuhaltenden Gerichts war Imagina geradezu fürchterlich. Sie beschwor den Vater, nach Bischofswalde zurückzukehren. »Ich bleibe!« war die Antwort. Dann bat sie, ihr wenigstens selbst zu gestatten, Wartenberg zu verlassen.

»Dein Recht hier aufgeben?« tobte der Landrat. »Nicht einen Schritt weichst du von dem Sitz deiner Ehre, falls du – Ansprüche darauf hast.«

Imagina las erst jetzt im Zusammenhang und mit erzwungener Ruhe den Brief ihres Gatten. Er war nicht gehässig geschrieben, aber doch so tief verletzend für ihre innersten Empfindungen, daß sie den Vater fußfällig bat, sie ziehen zu lassen und dem unglücklichen Bunde ein Ende zu machen.

Der Landrat zeigte auf seine Pistolen und erwiderte: »Eine Scheidung wird nur vollzogen, wenn sich an einem der sich trennenden Teile eine *Schuld* nachweisen läßt! Kannst du ihm keine vorwerfen, so soll er es dir. Auf den beiderseitigen unbegründeten Wunsch der Gatten trennt kein Gericht eine Ehe. Da könnte alle Tage eins kommen. Ich will ihn lehren, mich vor dem ganzen schlesischen Adel zu beleidigen.«

Imagina kannte ihren Vater zu gut, um nicht zu ahnen, wie diese Szene endigen würde. Sie wußte, daß sich der Landrat und August versöhnen würden auf ihre Kosten. Sie hatte schon als Kind zu oft bei ihrem Vater gesehen, welche Dinge folgten, wenn sich diese jähzornigen Männer »ausgesprochen« hatten. Dann rückten sie zusammen, tranken, rauchten und schlossen Freundschaft auf Kosten des Dritten, der den Zwist veranlaßt hatte und nun das Opfer der entladenen Leidenschaften wurde. Sie dachte sich das fürchterlich, diesen beiden Männern gegenüberstehen zu sollen und von ihnen Vorwürfe, Ratschläge, Ermahnungen annehmen zu müssen in der heiligsten Frage des Lebens.

Es wurde Mittag. Schon hatte sich der Zorn des pokernden Landrats etwas gemildert. Er kam nicht mehr so oft auf seine Pistolen zurück, schmälte aber dafür desto unwirscher über sein anwesendes Kind, das ihm nicht entgehen konnte. Um drei Uhr nachmittags fing er schon an, den abwesenden Schwiegersohn in Schutz zu nehmen, und als er gar eine Stunde geschlafen hatte und es dunkel geworden war und ein Brief vom Grafen eintraf, er würde Schlag sieben Uhr wie ein Ritter von altem Schrot und Korn sich einstellen, da fühlte sich Imagina so gedemütigt, so schon im voraus verletzt und beschimpft, daß die ganze ursprüngliche Wildheit ihrer Natur in ihr aufloderte und sie dem Genius ihrer Eingebungen folgte, wie damals, als sie bei ihrem Vater in Bischofswalde wie im Naturzustande, schweifend über Berg und Tal, lebte. Sie ging auf ihr Zimmer, raffte dort alles, was an Büchern, Mappen, Zeichnungen, geschriebenen Blättern zerstreut lag, zusammen und verschloß es, indem sie die Schlüssel zu sich steckte. Bei einem kleinen Paket von geschriebenen bunten Luxuspapieren stockte sie. Sie schien sich fragen zu wollen, ob sie es dem Zufall anvertrauen dürfte. Da sie aber ein Portefeuille mit einem ihr als uneröffenbar garantierten Brahmaschloß hatte, so legte sie auch diese Papiere dort hinein, schrieb noch einige Zeilen an ihren Vater, die sie auf den zum Nachtessen bestimmten Tisch legte, hüllte sich vor der rauhen Novemberluft in einen Mantel und verließ gegen sechs Uhr im Dunkeln das Schloß, ohne daß ein Auge ihr Verschwinden ahnte.

Um sieben Uhr kam dann wirklich Graf August, fast zu früh für den Landrat, der sich mit seinem Faktotum Fritze in ein tiefes Gespräch über einige Paßsignalements und herumschweifende Gaunerphysiognomien eingelassen hatte. Wie man ihm sagte, der Graf wäre angekommen, überreichte man ihm auch das vorgefundene Briefchen von Imagina. Als er las: »Lieber Vater, es ist unter meiner Würde, Erörterungen anzuhören wie die, mit welchen ich bedroht bin. Ich habe bis zu meiner Rechtfertigung das Schloß verlassen und kann mit der Versicherung scheiden, daß jeder Versuch, mich irgendwo aufzufinden, vergebens ist.« – Als er diese Zeilen zum zweiten Male las, wurde sein ohnehin vom Ungarwein gerötetes Antlitz kirschbraun vor Zorn. Fritze empfahl sich neugierig, August aber, der eben eintrat, erhielt nun doch den ganzen Ausbruch der ersten Wut des Landrats von heute früh, und die Pistolen fingen wieder an, eine drohende Rolle zu spielen.

Totenblaß sagte August, der von oben kam, wo er seinerseits eben die Briefe, die auf ihn gewartet hatten, Briefe der Zaluska, gelesen hatte und von Imaginas Verschwinden bald unterrichtet war: »Es ist kein Wunder, daß Ihre Tochter sich vor unseren Erörterungen fürchtet. Seit wenig Augenblicken bin ich überzeugt ...«

»Wovon?« donnerte der Landrat.

August war so erschöpft, daß er sich auf einen Stuhl niederlassen mußte und Zeit bedurfte, sich zu sammeln.

»Als ich Ihnen«, begann er endlich, »meinen Brief geschrieben hatte, tat ich etwas, was ich einige Stunden darauf bereute. Die Unmöglichkeit, mit Ihrer Tochter mich jemals glücklich zu fühlen, ist allerdings keine erheuchelte, und doch war ich sogleich auf Ihren Bescheid, mich hier einzufinden, eingegangen, weil ich meine Übereilung zurücknehmen wollte. Eben aber finde ich Briefe, die meiner felsenfesten Überzeugung, daß Imagina mich niemals lieben lernen wird, einen Grund geben, der alles aufklärt. Sie liebt einen andern.«

Der Landrat warf wieder sein Taschentuch auf die Pistolen und suchte einen Stuhl, um seinem Vaterherzen keine Blöße zu geben.

»Wohl hätte ich wissen sollen«, fuhr August fort, »daß meine prosaische Natur, die ich gern eingestehe, nicht imstande war, einer so lebhaften Phantasie zuzusagen. Sie hat ihr Herz einem berühmten Manne geschenkt, den ich unvorsichtig genug war, mit ihr in nähere Bekanntschaft treten zu lassen.«

»Wartenberg!« stöhnte der Landrat verzweifelnd. Dann fragte er tonlos: »Wer ist dieser Mann?«

August nannte den Namen des weltberühmten Virtuosen und fuhr fort: »Aus den Konzerten, die dieser Künstler in Breslau gab, werden Sie ja wissen, welche Erfolge er über die Herzen der Frauen davonzutragen weiß!«

»Der hysterischen, pinselhaften!« schrie der Landrat. »Meine Tochter gehört nicht zu ihnen!«

»Nein, nein«, gestand August zu. »Aber es ist ein Duft von Poesie, den dieser Mann um sich zu verbreiten weiß, dem schon die gesundesten Naturen erlegen sind. Er zeichnete in Baden-Baden Imagina vor allen anderen aus – sie erregte den Neid, die Eifersucht von Fürstinnen –«

»Die gottverdammten Bäder!« stöhnte der Landrat.

»Es ist in Berlin stadtkundig, daß dieser Künstler sich des vertrautesten Verhältnisses mit der jungen Gräfin Wartenberg rühmen darf.«

»Beweise! Beweise!« donnerte der Landrat.

»Wo soll ich Beweise haben?« sagte August. »Beweist das Gerücht nicht so gut wie alles? Auf die Wahrheit kommt es in solchen Fällen weniger an als auf die Vermutung, die allein schon entehrend für mich ist.«

In bemitleidenswerter Hülflosigkeit faßte der arme Vater jetzt einen Entschluß. »Oh!« rief er – und die Stimme erstickte ihm vor Genugtuung, die er darin fand, auf einen guten Gedanken geraten zu sein. »Sie sollen sehen«, sagte er, »daß ich eine unwürdige Tochter nicht schütze. Ohne Briefe kann ein solches Verhältnis nicht stattgefunden haben, ohne äußere, in ihrer Umgebung sichtbare Zeichen nicht länger andauern – kommen Sie in ihr Zimmer. Untersuchen wir, was wir finden.«

»Herr Landrat«, entgegnete August, »Sie verwechseln diesen Vorfall mit einem Kriminalverbrechen. Auch wird die verblendete Frau sicher jeden Beweis ihrer Treulosigkeit verborgen haben.«

Der Landrat, der aus seinem Beruf gewohnt war, anzunehmen, daß ihm und dem Gendarmen Fritze nichts verborgen bleiben dürfte, hörte nicht auf diese Einrede. Ob August einfiel, daß Imagina doch auch nie den leisesten Versuch gemacht hatte, seine Korrespondenz zu überwachen, der Vater war schon ans Werk gegangen, hatte die bei dem vernachlässigten Zustand des Schlosses leicht zu eröffnende Tür, die Imaginas Zimmer schloß, schon in der Hand, und der Gendarm Fritze, der von Demagogen und Gebirgsaufwieglern her schon eine gewisse Geschicklichkeit in Papierbeschlagnahmen hatte, unterstützte seinen Landrat so tapfer, daß bald ein Berg der unverfänglichsten Zeichnungen, Landkarten, Musikalien vor ihnen aufgetürmt lag.

Da sich unter den letzteren allerdings einige fanden, welche die Handschrift des weltberühmten Virtuosen Udolpho trugen und von ihm in den schmeichelhaftesten Ausdrücken der Gräfin Imagina von Wartenberg verehrt worden waren, so stieg der Verdacht des ergrimmten Vaters. Ein Portefeuille reizte ihn. »Darin, sehe ich, stecken Briefschaften«, sagte Fritze unverschämt. August, zornig über sich selbst, über die ganze Welt, packte den Vertreter der irdischen Gerechtigkeit und warf ihn zur Tür hinaus.

»Herr Graf!« fuhr der Landrat auf und richtete sich groß in die Höhe, »Fritze ist Gendarm! Sein Rock Königsgut!«

»Und dies ist mein Gut«, rief August, indem er dem Landrat das Portefeuille entriß.

»Sie haben mir also Lügen vorgebracht, Herr Graf? Fritze, meine Pistolen!«

August nahm das Portefeuille und warf es zornig auf die Erde.

Ruhig griff der Landrat in seine Beinkleider, zog ein Messer hervor und schnitt, ohne sich, arme Imagina, viel um dein »unerbrechbares« Brahmaschloß zu kümmern, den ledernen hintern Deckel von oben bis unten auseinander.

Da gab es denn nun eine ganze Bescherung von zarten beschriebenen Papieren.

»Jetzt kommen Sie hinunter, Herr Schwiegersohn«, sagte der Landrat. »Hier oben ist's kalt und das Licht heruntergebrannt. Jetzt wollen wir lesen.«

August folgte nachdenklich, Scham und Schmerz in seinen Zügen.

VI

»Eben habe ich ›Spiridion‹ von George Sand beendigt«, begann der Landrat zu lesen. Bei Spiridion schon, das er mehr buchstabierte als las, unterbrach er sich: »Wer ist ›Spiridion‹? Was ist das für ein ›Spiridion‹?« August schwieg. Der Landrat zog die Brille, die er hatte aufsetzen müssen, mehr auf den Nasenrücken herunter und fuhr fort: »Beendigt – und noch bebt es geisterhaft in mir nach, und in allem, was ich tot und leblos vor mir sehe, scheint sich mir's lebendig zu regen, und die Bäume nehmen Gestalt an, und die Berge schütteln ihre Häupter wie schweigende ernste Riesen der Vorzeit, die nicht begreifen können, was sich hier in diesem grünen Tal begibt.«

Hier klopfte es an die Tür. Ärgerlich rief der Landrat: »Hinaus!« Aber Fritze steckte schon den Kopf ins Zimmer und fragte, mit sichtlicher Verstimmung auf den Grafen schielend: »Herr Landrat, Ihr Abendtrunk?« Und statt eine Antwort abzuwarten, stand schon Andres mit einer Bowle Punsch in der Tür. »Es ist jetzt meine Gewohnheit«, sagte der Landrat entschuldigend zu August, »abends ein paar Gläser vor Schlafengehen. Setz Er's nur hin, Andres, und hinaus!«

Fritze zögerte. Der Landrat sah sich daher genötigt, energischer zu reden, und rief in dem bekannten Gendarmenlatein: »Fritze, Paschol!«

»Paschol«, soviel als »packe dich!« wurde von Fritze wohl verstanden. August aber hielt ihn zurück und sagte: »Da Sie jetzt von den hiesigen Vorfallenheiten mehr wissen, als nötig ist, so können Sie Erkundigungen einziehen, wie und wohin sich die Tochter, des Herrn Landrats entfernt hat.«

»Gräfin Imagina von Wartenberg!« ergänzte der Landrat.

Fritze sagte ruhig: »Spur haben wir schon. Das Kloster drei Stunden von hier!«

»Na ja! Da haben wir's! Wo freilich auch sonst!« Der Landrat atmete schwer und entließ den Arm der Gerechtigkeit mit Wendungen der Kochemer-[18] oder Diebssprache, die soviel sagen sollten als: »Vorsichtig und mit Anstand Erkundigungen eingezogen!«

Der Landrat prüfte den Punsch. Sein Schwiegersohn lehnte ein Glas, das ihm angeboten wurde, mit einer betrübt verneinenden Gebärde ab und ließ seine Blicke bald gedankenlos in das Licht der Lampe, bald sinnend auf Feodorens Brief gleiten, den er in der Hand zerknitterte.

»Wer bürgt mir denn«, fuhr der Landrat in den Blättchen zu lesen fort, »daß dieser unförmliche Weidenstamm drüben an dem rauschenden Bache nicht in der Tat eine Verzauberung ist? Sieht er mich denn nicht im Mondschein oft so stumm beredsam, so feierlich fragend an, als wollte er von meinem Munde das erlösende Wort hören, das sein müdes Haupt endlich zur Ruhe bestattete?«

»Der alte Weidenstamm?« unterbrach sich der Landrat etwas verdutzt.

»Bitte«, bemerkte August, »lassen Sie diese Lektüre, die zu nichts fruchtet. Das, wovor man zu erröten hat, wird niemand dem Papiere anvertrauen.«

»Da irren Sie sich! Aus meiner Praxis könnte ich Ihnen ganz andere Fälle anführen. Aber das seh ich wohl, der alte Weidenbaum hat nichts, was mein Kind graviert oder Verdacht erweckt. Aber hier, fuhr er weiter lesend fort, hier – aha! da kommen Namen – Schloßruine – Picknick – Otto von Sudburg – Kennen Sie einen Otto von Sudburg?«

August horchte hoch auf und fragte: »Otto von Sudburg?« Der Landrat, kleinlaut über des Grafen Spannung, aber begeistert von einem fanatischen Gerechtigkeitsgefühl gegen jedermann, und wäre es auf Kosten seines eigenen Blutes, legte sich das Blatt zurecht und las: »Wenn wir nun alle gebunden wären an Bäume, Blumen, Steine? Wenn Erinnerung, volle, bewußte Erinnerung unsere künftige Seligkeit wäre und wir auf dieser Erde nur trachten sollten, unserm Ursprunge in der Heimlichkeit der Seele nachzusinnen und dann beruhigt sterben könnten, wenn wir wissen, von wannen wir stammen? Bei diesem prosaischen Picknick auf der poetischen

---

[18] Gaunersprache

Schloßruine mußte ich dich wiedersehen, Otto von Sudburg (so nennt dich das Fremdenblatt, aber ein Gedicht dir weihend, würde ich dich Elpenor nennen oder Prinz Wismut, um doch die volle Wahrheit zu sagen) ...« – »Prinz Wismut – Elpenor?« unterbrach sich der Landrat, aber August drängte: »Lesen Sie doch; ich kenne einen Sudburg!« Der Landrat, immer kleinlauter, las: »Mußt ich dich wiedersehen, nach fünfjähriger Trennung, du blasser Elfensohn, ganz so geisterhaft schmerzlich wie damals, als ich dich zum ersten Male in den Bergen und dann in Breslau erblickte!« August richtete sich auf: »Otto von Sudburg hat in Breslau studiert – ich kenne ihn«, stammelte er: »das ist ja unerhört – noch eine andere, frühere Geschichte –! Herr Landrat, Sie sehen, mit wem man mich verheiratet hat!« – »Ruhe! Ruhe!« stammelte Herr von Unruh, und als ihm August die Blätter entreißen wollte, ließ er es nicht zu, sondern faßte sich zu fernerm würdigen Vortrage.

»Hier steht«, sagte der bekümmerte Vater, dem sich die Augen umflorten, »hier steht: ›Wie damals, als ich dich zum ersten Male in den Bergen und dann in Breslau erblickte.‹ Wie fassen Sie das?«

»Es ist eine Universitäts- und Pensionsbekanntschaft, die sich ohne Zweifel schon in Bischofswalde, im Gebirg angeknüpft hat!« sagte sein Schwiegersohn.

Der Vater, der wohl wußte, daß Breslauer Studenten sehr oft seinen gebirgigen Landratsbezirk besuchten, bereitete sich im stillen auf ein furchtbares Gewitter für Madam Milde, die Erzieherin, vor. Inzwischen las er weiter: »Wie dieser erste Jugendeindruck so plötzlich in Baden erscheint ...« – »Er machte allgemeines Aufsehen«, unterbrach August den Vater. »Wie ich ihn an die Höhle«, las dieser, »an den Kreis seines ursprünglich ihm bestimmten Wirkens klopfen sah, als wollte er rufen: ›Erde, tue dich auf.‹« August schaltete ein: »Sie müssen wissen, dieser Sudburg studierte vor fünf Jahren in Breslau Mineralogie!« – »Wie ich den Sohn der Metalle angezogen erblickt an dem teuflischen grünen Tisch ...« – »Ja«, ergänzte August, »daß dieser Sudburg ein unverbesserlicher Spieler ist, steht fest!« – »Wie ich gedachte, daß sieben Bürgen um dich ...« – »Sieben Bürgen!« unterbrach August und wollte dem Landrat das Papier entreißen. Dieser hielt aber fest und fragte, ob das auch zuträfe? Der jetzt von Eifersucht Gepeinigte schwieg eine Weile, um sich zu sammeln. Dem Landrat kehrte sich das Herz in seiner bei alledem teilnehmenden Vaterbrust um – sein Punsch wurde kalt, ein Frösteln rieselte durch seine Glieder. Er mußte Andres rufen, um im Ofen das Feuer zu schüren. Dadurch trat eine Stärkung des Gemüts ein, und August erklärte seinen erneuerten Schrecken: »Otto von Sudburg gehört zu einem alten Geschlechte ausgewanderter erzgebirgischer Ansiedler, die sich in Siebenbürgen niederließen. Er studierte in Breslau Mineralogie, um sich für den praktischen Bergbau vorzubereiten. Später erfuhr ich nichts mehr von ihm, als daß er im Auftrag seiner heimatlichen Regierung als Berggeschworner reist, um sich für die Markscheidekunst die neuen Erfindungen anzueignen. Er hat sich in London und Paris länger aufgehalten, als für seine Moralität vorteilhaft war. Wenigstens in Baden-Baden zeigte er sich als einen der unerschütterlichsten Spieler, der sich selten in der frohsinnigen und heitern Gesellschaft erblicken ließ!« – »Haben Sie ihn oft im Umgang mit Imagina gesehen?« – »Mit meiner Frau? Niemals! Kaum daß er ein flüchtiges Kompliment mit ihr gewechselt hat!«

Des Vaters Augen umfloren sich immer mehr. Sein Gerechtigkeitssinn war ihm so heilig, daß er mit Rührung sagte: »Armer Gatte! Lesen Sie selbst!« August ergriff die Fortsetzung der Blätter und las, während es im Ofen durch das neuhinzugelegte Holz polterte und knisterte und sich der Landrat feierlich erhob und mit Wehmut die Bowle auf den Ofen trug, um den Inhalt wieder zu erwärmen. – »Wer kann mich verdammen«, hieß es in den Blättern, »wenn ich an eine tiefe, heilige, über das Irdische hinausgehende Beziehung zu diesem Einzigen glaube, der dich anzieht und der in diesem Tale dich doch am wenigsten zu kennen scheint! Und doch täusche ich mich, wenn ich bei dem Wiedersehen auf der Schloßruine auch in seinem Auge etwas liegen fand, das da sagte: Du kennst das Geheimnis meines Lebens, du weißt, was mich hierher führte und warum ich diese Erde noch nicht lassen darf?«

»Freilich, freilich«, erläuterte der Landrat, indem er den steigenden Wärmegrad des Punsches untersuchte, »freilich sollte der Herumtreiber als Berggeschworner längst hundert Klafter unter der Erde sein, was sein Beruf mit sich bringt!«

August las: »Ich weile oben, sagte mir sein trüber Blick, bis meine Stunde kommt, und ich fürchte, sie wird nicht zur Freude meines Vaters sein!«

»Oh, gewiß nicht!« meinte der Landrat, eine Träne im Auge zerdrückend. »Sein Vater wird schöne Freude an ihm haben!«

»Ich gedachte der Worte, die einst Sudburg in den Bergen hören mußte, ich gedachte, wie er damals auszog in die Welt und wie ich ihn in Breslau wiedersah. Er ist voller, männlicher geworden, aber an seinem Innern nagt ein tiefer Schmerz. Wenn an ihm die Hölle ihr Spiel gewönne!«

»Ein Spieler! Natürlich!« seufzte der Landrat.

»So weit hatt ich geschrieben, und nun ich ihn gestern wieder an dem grünen Tische sah, wächst mir die Sehnsucht, mutig in sein Leben zu greifen und ihn seiner reinen und edeln Herkunft und den guten Geistern zu erhalten. Gestern mit der Abenddämmerung hatten sich die feuchten Abendnebel wie durchsichtige Schleier auf die grüne Flur niedergelassen. Dunkler und dunkler wurden die vollen Kronen der Kastanienbäume, leise kamen die schwarzen Schatten vom Fuße der Berge geschlichen und umarmten in stiller Feier, zum Schlummer bewältigend, die kleine, an ihrer schlechten Bestimmung unschuldige Stadt. Ich öffnete das Fenster. Durch das nächtliche Schweigen schallte nur mit bewußtem sicherm Rauschen der Sturz des Waldbaches, der zur Bewässerung der Mühlen, in einem Teiche sich sammelnd, von Schleusen aufgehalten, an der Brücke wie eine flüssige, große Sichel schneidend, ausgleitet und dann donnernd niederstürzt. Wie ich hinausblicke – August weilt noch in dem erleuchteten Kursaale –, da sehe ich still und traurig unter den Bäumen den Jüngling schreiten. Eine Weile lehnt er sich an einen Stamm duftender Akazien – er sieht mich bittend, flehend an; ich springe auf – werfe die leichte Mantille über die Schulter – und hinaus zu ihm – ich liege ihm weinend an der Brust. Da sagte er: ›Imagina, komm! Du bist es, die mich erlösen und von meinem finstern Schicksal erretten kann.‹ Da lege ich den Arm um seine Schulter, und mehr gezogen als freiwillig folgend, schlüpfe ich mit ihm durch die Schlangenwindungen der Wege zu den grünen Matten, auf eine einsam stehende Bank, an eine weiße, fernhin leuchtende Erle. Hier mich an sich ziehend, deutet er hinunter in die neblichten Gründe und zeigt mir einen geisterhaften Reigen weiß verhüllter Frauengestalten, sieben an der Zahl, und schaudernd stöhnt es ihm aus der beklommenen Brust: ›Da sind sie!‹ Ich hielt es für ein Blendwerk. Aber der Jüngling nannte jede bei Namen, und ich erbebte; denn es waren wirkliche Frauengestalten, die ernst und kalt in den Gründen vorüberschlüpften. Ich, Imagina, ergriff meinen Rosenkranz und betete; denn die Töchter der Hölle nannte mir der Jüngling bei Namen. ›Jene Schlanke dort‹, sagte der blasse Freund, ›ist Superbia, die Hochmütige; die zweite Gebückte und Lauernde Avaritia, die Geizige; die dritte im üppigen, rosenfarb schimmernden Kleide ist Luxuria, die Üppige; dort, die vierte, die Behende, Kirschrotfarbene, nennt sich Ira, der Zorn; dann die Volle, Starke, mit dem seelenlosen Auge ist Gula, die den Völkern gelehrt hat, der Bauch sei euer Gott, und die da groß ist im Erfinden von Genüssen für Zunge und Gaumen; die sechste im gelblichen Gewand ist Invidia, die Neidische – ach, und alle, alle haben sie schon den Sieg über mich davongetragen, und nur der siebenten da, der Acedia, der trägen Feigheit des Herzens, trotze ich noch, weil ich noch nicht ganz den Mut verloren habe, zu sagen, was ich wahrhaftig liebe und was ich hasse.‹ Diese Acedia war aber die Baronin Feodore Zaluska.«

August, der die letzten Worte kaum noch hatte aussprechen können, machte hier eine lange Pause und richtete die Augen zum Landrat empor. Dieser saß starr. Ein Glas Punsch hielt er fest in der Hand, ohne es zu merken, und feierlich schritt er auf August zu, faßte ihn gleichfalls ins Auge, und beide schienen sich fragen zu wollen: Ja, wie ist uns? Wo weilen wir? Baden-Baden war allerdings berüchtigt auch für seine weiblichen Nebelgestalten.

»Hm!« meinte aber doch der Landrat. »Sollte das nicht die Beschreibung eines Traumes sein?«

Kleinlaut geworden über die Erwähnung der Zaluska, fuhr Graf August fort: »Aus dem Kloster weiß ich es, daß die sieben Todsünden dem Menschen nicht vergeben werden können, denn diese sind es, welche so tief in der verdorbenen Seele wurzeln, daß sie sich vor dem Priester verstecken, ja, vor dem verhärteten eigenen Gewissen, und nur dem höchsten Richter offenbar werden. Und allen diesen Sünden war der unglückliche Sudburg schon erlegen und nur noch der Acedia nicht, der Feigheit des Herzens, jener kalten und erbärmlichen Gesinnungslosigkeit, die ihren Charakter nach den Umständen ändert, äußerlich warm und innerlich lau ist, der kalten Härtigkeit des Herzens, die ich in den Romanen der Sand Blasiertheit genannt finde. ›Noch nicht erlegen?‹ sagte ich triumphierend. ›Noch nicht *ganz*!‹ antwortete Sudburg traurig, und es drängte mich, ihn zu umarmen und zu sagen: ›Oh, könnte ich dir etwas von meinem Mut in die Seele gießen! Könnte ich dich heilen, erlösen, erretten, armer Jüngling, durch die Tapferkeit meines Herzens erretten, durch den Freimut meines Bekenntnisses für dich! Oh, komm hinaus in die Welt, laß uns Arm in Arm vor die Menschen treten, sage, wer du bist, ich sage, wer ich bin! Mögen uns alle Schwächen der Erde, alle Laster der Hölle überwunden haben, wir retten uns durch den Adel des Herzens, durch unsern Sieg über seine Trägheit, durch Gesinnung, Aufrichtigkeit, Wahrheit!‹ Da blickte er nieder, reichte mir die Hand, und wir schieden. Als ich über die Brücke an dem rauschenden Wassersturze ging, fröstelte mich's. Oben löschte August eben sein Licht aus; er war mit der Baronin vom Kursaal zurückgekommen.«

Nach einer langen Pause, als August geendet hatte, fragte der Landrat inquisitorisch: »An welchem Tage könnte das gewesen sein?« August, statt zu antworten, bat um ein Glas des stärkenden Getränks. Sein Geist bedurfte eines von innen wirkenden Zusammenhalts. Nacheinander wurde abwechselnd von beiden noch eine ganze Lage dieser Blätter durchgelesen. Alle enthielten sie die Beweise einer auffallend vertrauten Beziehung der jungen Gräfin zu einem Fremden, den August vollkommen für einen leichtsinnigen und gefährlichen Abenteurer zu kennen erklärte. Dem Landrat leuchtete der bedenkliche Charakter Ottos von Sudburg um so mehr ein, als Imagina einige Male andeutete, daß er sich bei der Begegnung mit ihr im Gebirge, wie schon mancher Schwindler, Prinz Wismut genannt hätte. »Fritze hat ihn gewiß auf der Liste!« sagte der bekümmerte Mann und fuhr fort: »Und wenn er der beste Mensch von der Welt wäre, so fühle ich, daß Sie Ansprüche auf Genugtuung haben. Hier ist nichts mehr zu widerlegen. Das klagt sich alles selbst an!«

Die Schloßuhr hatte schon zehn geschlagen. Draußen fiel der erste Winterschnee in leichten Flocken. Die Glut des Ofens ließ nach.

Von dem erwärmenden Getränk war nur noch eine geringe Neige übrig, und dem schmerzbewegten Paar kam so sehr das Bedürfnis des Schlummers, daß es eine große Gewissenhaftigkeit verriet, als sie auch noch, um nicht ungerecht zu verurteilen, sich entschlossen, das letzte dieser Blättchen zu lesen.

Mit jenem verbissenen Ausdruck des Zorns und der hämischen Betonung eines von dem, was er liest, widerwärtig Berührten las August noch zuletzt: »Ist es denn wahr, daß die Stunde der Trennung schlagen mußte! Auch in diese grüne Pracht kann der bräunende Herbst und einst ein entblätternder Winter kommen? Ich fühlte es schon an der Unruhe des Herzens, als ich ihn seit drei Tagen nicht mehr sah, daß ihm Unglück droht – ihm?! Wunderliche Törin, die du in Träume dich verlierst und deine Phantasien mit lebensfrischer Wirklichkeit bekleidest! Nun denn, so ziehe hin, du blasser Dämon, und kämpfe deinen letzten Kampf mit Acedia aus! Ich muß dich immer vor mir sehen, wie ich dich in der blauen Grotte zum ersten Male erblickte. Schweigend legtest du dein lockiges Haupt an die Brust des bekümmerten Vaters ...« – »Vaters?« unterbrach sich August und fixierte den Landrat. – »Vaters?« antwortete dieser; »Sie werden doch nicht etwa glauben ...« – »Herr, es wäre doch auffallend, wenn Sie dieses Verhältnis schon früher gekannt hätten!« – »Wo hab ich es gekannt! Hier sehen Sie ja, hier ist von einer Ferienreise die Rede, die ohne Zweifel der alte Sudburg mit dem jungen in unsere Gebirgsgegend gemacht hat.« – »Das müßt es natürlich sein, sonst ...«, ergänzte August, schöpfte Atem und las: »Ich sehe sie alle noch um dich, die Geister des Gebirges, und grauenhaft tönt mir ins Ohr, wie ich erfuhr, was auf der Bahn deines Lebens für Augen auf dich blicken, gute und böse, himmlische und teuflische. Wie ich dich dann wiedersah in Breslau! Der Wagen rollte nieder in die fröhliche Stadt, die Türme blinkten im Abendgolde, schattige Gärten mit einladenden Schildern und Kränzen, Sitze der Freude und Erholung zur Linken und Rechten. Da auf einer Terrasse, unter einem breitastigen Baume, von übrigen trinkenden und lärmenden Genossen getrennt, blickst du hinüber übers Geländer auf die Landstraße, und ich erkannte dich sogleich! Ich zitterte vor Freude, dich so heiter, so gut zu sehen; ich hätte zurückfliegen mögen in die Berge und ausrufen: ›Er siegt! Er gewinnt! Die bösen Mächte haben keinen Teil an ihm!‹ Und wie oft schloß ich dich seitdem in mein Gebet! Wie schauerlich auch überrieselte es mich, wenn im Religionsunterricht die sieben Todsünden erwähnt wurden und sie mir erschienen wie Totengerippe in langen, weißen Frauengewändern und mit falschen lächelnden Larven! Ich wußte, daß sie daheim für dich in des Vaters Banden schmachteten, aber oft ängstigte mich's im Traum, daß eine von ihnen vor mein Lager trat und sagte: ›Siehe, ich bin frei! Ich kehre zurück zur Hölle! Ich überwand deinen Freund!‹ Und dann wacht ich auf und fühlte mich so unglücklich, so unendlich weh war mir im Herzen, daß ich tagelang weinte und niemand wußte, was mir war, und ich selbst konnte nicht sagen, was mich schmerzte. So habe ich Jahre hindurch sechsmal schwer von dem Jüngling geträumt, und als ich dich hier wiedersah, am Spieltisch, mit zusammengebissenen Lippen, lächelnd vor Ernst, spöttisch vor Schmerz, einer Rolle Goldes nachsehend, die mit teuflischer Ruhe ein Mann mit einem kleinen Holzrechen dir fortnahm, da wußte ich: Meine Träume sind wahr gewesen! Sechsmal ist er gefallen! Sechsmal ist er den Seinigen verloren! Und wohl begriff ich es, daß du in der Schlucht an die Felsen pochtest und riefest: ›Oh, laßt mich ein zu euch in euer blaues, reines, gutes Reich: ich erliege, ich halte diese Lebensbahn nicht aus!‹ Aber die stummen und tauben Felsen öffneten sich nicht, und wohl begreife ich den wehmutvollen Blick, den du vom Schloß auf die weite, weite Ebene nach dem blitzenden Rhein hinüberwarfst...« August hielt inne und fragte den Landrat: »Was tun Sie denn?« Der Landrat antwortete nicht, sondern schluchzte. Sich sammelnd, sagte er: »Hören Sie nur auf! Denn nun, offen gestanden, rührt mich das mit Imagina! Ich denke an ihre Mutter! Wie kann das Mädchen, die Frau, sich so in einen Menschen vernarren! Wie kann sie eine so überschwengliche Liebe ihrem Vater verschweigen!«

August las den Rest: »Leb nun wohl, du jenseitiger Geist! Ich weiß, dein Herz ist nicht verdorben. Acedia wird dich nicht besiegen, darf es nicht! Diese teuflische Schmeichlerin! Hat sie nicht die lieblichste Gestalt gehabt in jener Nacht auf dem Wiesenrain, die Gestalt der Baronin ...« August stockte wieder. »Welche Baronin ist denn das immer?« fragte der gefolterte Vater. »War sie nicht so lieblich, so schmeichelnd, so umstrickend mit tausend schimmernden Reizen wie Feodore ...«, fuhr August, die Frage nicht beachtend, fort. »Wer ist denn das wieder, Feodore?« fragte der Landrat, halb schlafend. »Wenn ich euch beide zusammen sah, hätt ich rufen mögen: Das ist deine Feindin, das ist die meine! Feodore Zaluska, dich will ich malen als die siebente Todsünde, dich mit deinem Lächeln, das aus der Leere des Herzens kommt, dich mit deinen schwarzen, glimmenden Kohlen im Auge, die das einzige sind, was in dir brennt, dich, die du ...« Hier brachen die Schriftzüge unleserlich ab, und ein langer heftiger Gedankenstrich mit malerischen Verschnörkelungen drückte die Leidenschaft der Schreiberin aus, die hier ihren Phantasieroman geendigt hatte.

August, den die Erinnerung an Feodore Zaluska elektrisierte, blickte starr auf das Papier, der Landrat, zuletzt vom Punsch übermannt, schnarchte, draußen an den Fenstern ballte sich der Schnee zusammen, die Lampe war dem Erlöschen nahe, der Ofen schon wieder kalt, die Bowle leer. Da pochte es donnernd an die Tür. August fuhr zusammen, der Landrat wachte auf und sah sich gespenstisch um. Ein zweites Klopfen. »Wer da?« rief August. Fritze trat ein und meldete, ohne den Grafen, der ihn beleidigt hatte, anzublicken, militärisch dem Landrat: »Im Kloster ist es nichts!« – »Was? Nichts?« fragte der Landrat. – »Gar nichts!« bestätigte der Potsdamer. – »Gar nichts?« wiederholte der Landrat entsetzt. – »Aber an der Hinterpforte des Klosterhofs bemerkte ich im Schnee frische Wagenspur«, fuhr Fritze fort, »leider hat es nur strichweise geschneit, und es wurde hinterher zu dunkel.« – »Richtung?« examinierte der Landrat. »Sächsische Grenze!« rapportierte Fritze, und damit war die Feststellung des Tatbestandes: Untreue und bösliche Verlassung, zu Ende. August nahm die Papiere. Der Vater drückte ihm wehmütig die Hand. Andres leuchtete. Fritze hob den Deckel von der Punschterrine und brummte auch hier, hineinlugend, ein lakonisches »Gar nichts!« Alle gingen zur Ruhe. Sie bedurften derselben.

VII

Der so plötzlich hereingebrochene Winter machte noch nicht vollen Ernst. Es folgten noch freundlichere Novembertage. Auf diese hatte eine Dame in Dresden gehofft, die mit Verzweiflung vernommen, daß in den Wintermonaten – es war noch im alten Gebäude – die königliche Galerie der Gemälde geschlossen sei. Gegen eine besondere Vergütung gelang es ihr jedoch, sich die Säle zuweilen öffnen zu lassen. Sie hätte, eingehüllt in Schals und Mäntel, in den kalten Sälen aushalten können. Aber so vornehmen Ursprungs die Dame zu sein schien, so fehlten ihr doch diese erwärmenden Hülfsmittel. In leichtem Mantel durchstreifte sie die Säle und hielt stundenlang in ihnen aus. Das warme Licht der Farben, schien es, wirkte mächtiger auf sie als pelzgefütterte Überwürfe, die sie nicht bei sich führte und zu kaufen kein Geld hatte.

Der künstlerische Enthusiasmus des Lohnbedienten, der die Dame zu begleiten pflegte, stand nicht auf gleichem Wärmegrad. Er brachte nur die Fremde und holte sie wieder ab. Beim dritten Besuche der Galerie kam er früher als sonst und brachte einen Brief, der die im Hotel bekannte Adresse der Dame trug und eben von Breslau angekommen war. Sie nahm ihn ab, verließ die Galerie und eilte in ängstlicher Unruhe nicht sogleich nach Hause, sondern erst, um sich zu sammeln und auf den Brief, der ihr wichtig schien, vorzubereiten, auf die Brühlsche Terrasse. Dort die frische, feuchte, noch nicht schneidende Luft des Spätherbstes einatmend, stand sie zuweilen still und blickte mit schwermütigem Auge in die Ferne oder in den tief unter ihr mit vollen Wogen sich wälzenden Fluß. Dann fühlte sie den Brief an, prüfte aus seinem äußern Wesen den Inhalt und lächelte schmerzlich, als ihr von dem starken Gewicht desselben wenigstens eines bestätigt schien, daß er Geldanweisungen enthielt. Diese Gewißheit verschaffte sie sich auch sogleich, als sie von der Terrasse in die Promenade niederstieg. Beim Moritzdenkmal an der Ecke hielt sie inne, erbrach den Brief und überzeugte sich, daß sie ein Wechsel auf ein bekanntes Bankhaus wenigstens ruhig in die nächste Zukunft blicken ließ. Das Begleitungsschreiben war von ihrer Erzieherin, Madam Milde, und lautete: »Teure Imagina! Im Auftrag Deines zwar erzürnt scheinenden, aber in Wahrheit nur tiefbekümmerten Vaters schreibe ich Dir diese Zeilen. Sie sind von dem begleitet, was Du vom Vater zu haben wünschtest, da Du es von dem Advokaten Deines Gatten nicht hattest annehmen wollen. Und statt aller Worte, aller Klagen, aller Beherzigungen nur die eine treugemeinte Bitte der mütterlich gesinnten Freundin: Kehr zurück! Zurück in meine Arme! Sie werden Dir die des Vaters öffnen. Was auch seither geschehen sein mag, gutes Kind, ich kann nicht an eine Schuld Deines Herzens, eine Verletzung Deiner heiligsten Pflichten glauben. Dein Gatte, Dein Vater verurteilen Dich, und auch mir hat man Mitteilungen gemacht, Papiere und Beweise gezeigt, die gegen Dich aussagen sollen. Ich teile Deine Entrüstung, die Du in dem Briefe an Deinen Vater und noch mehr in dem an den Advokaten des Grafen ausgesprochen hast, Deinen Unwillen über diese wilden, schonungslosen Männer, die so rücksichtslos Deine Geheimnisse erforschten, so trotzend auf ihre Übermacht Deine Schränke und Mappen erbrachen. Aber schuldig oder nicht, hast Du nicht ein gleichstarkes Vorurteil gegen Dich, daß Du bei Nacht und Nebel flohst und einer Begegnung mit Deinem Gatten auswichest? Wohl räume ich ein, daß es Dir peinlich sein mußte, unter einem Dache mit einem Manne zu wohnen, der den Wunsch um Scheidung von Dir ausgesprochen hatte, noch peinlicher, einer verletzenden Verhandlung über eine Lebensfrage beiwohnen zu sollen, wo Dir, wie Du schreibst, niemand schützend zur Seite stand – selbst Dein Gewissen nicht, Imagina? Doch nein! Ich will Dich nicht verurteilen. Ich weine um Deine Verirrung. Vorläufig hättest Du im Kloster bleiben sollen und dort den Gang der Dinge ruhig abwarten. Wohl glaube ich, daß Dir in der Aufregung Deines Herzens die dortige Stille, die Neugier der Schwestern, die Besorgnis der Äbtissin vor Kollisionen mit dem Grafen oder noch mehr mit dem alles polizeilich auffassenden Landrat wenig zusagte. Wohl kenne ich Dich, um das zu verstehen, was Du schilderst, dies plötzliche Aufwallen und Auflodern eines großen Entschlusses, der Dich trieb, mit einem Wägelchen in die nächste Stadt zu fahren, dort Dich auf die Post zu setzen und von Dresden aus die Wendung Deines Schicksals abzuwarten. Ich kenne dies Aufflammen Deines Geistes und habe es immer gefürchtet. Aber was Dir eine Heldentat scheint, erscheint Deinen Gegnern feige Flucht. Was im geheimen hätte beigelegt werden können, hast Du durch dies kühne Wagnis öffentlich und dadurch fast unheilbar gemacht. – Was man berechtigt ist, Dir vorzuwerfen, kann ich nicht durchschauen. Einiges, was daran sicher unrecht ist, ahne ich bereits. Wie grundlos der Verdacht eines Verhältnisses zu einem berühmten Künstler ist, davon ist jetzt selbst der Graf überzeugt, der wenigstens aus Berlin, wohin er plötzlich abreiste (und zum Glück, weil dadurch Deine eigene Entfernung weniger auffällt!), dem Vater geschrieben hat, daß ein Grund zur Scheidung jetzt nur in dem offenen Bekenntnisse einer sträflichen Beziehung zu Otto von Sudburg läge. So eingenommen ist der Vater gegen Dich, daß er Deine Flucht nach Dresden für ein dortiges Zusammentreffen mit diesem unheilvollen Manne hält. Feierlich durfte ich ihm beteuern, daß der Vorwurf, den er mir machen wollte, in der Pension schon hättest Du diesen Mann gekannt, mich nicht trifft. – Überhaupt, was soll ich über diese Tagebuchnotizen urteilen? Imagina, ich möchte schwören, es sind lediglich Phantasien! Es sind Träume, die auf etwas Wahrheit beruhen, aber nicht auf soviel, daß sie gegen Dich zeugen können! Ich kenne Deine Art, Dich so zu ergehen. Irgend etwas muß Dich angeregt haben zum Ausspinnen der wunderlichsten Vorstellungen, die Ruhe, die Langeweile des Badlebens hat Dir die Feder in die Hand gedrückt, und an den zwischen dem Geschriebenen unterlaufenden Zeichnungen und Gedankenspielen seh ich ja, daß das Ganze mehr dem Versuch ähnelt, einen Roman zu schreiben, als dem, selbst einen zu erleben. Dieselbe Ansicht teilt der Rechtsgelehrte, den der Vater in das Geheimnis dieser sein Alter betrübenden Erfahrung hat ziehen müssen. Eine Aussöhnung mit Deinem Gatten wird keine Schwierigkeiten haben und dieser kurze, aber ernste Zwist vielleicht nur dazu beitragen, eine zwischen Euch eingetretene Verstimmung zu heben. Kehre zurück! Mache die glücklich, die Dich lieben! Komm an das Herz Deiner mütterlichen Freundin! Ich weiß es, statt einer Antwort triffst Du selbst ein, und unsere Tränen werden ineinanderfließen. Deine treue Henriette Milde.«

Eine Antwort auf diesen Brief kam aus München, wohin Imagina mit einem in Dresden gemieteten Kammermädchen abreiste. Sie erwiderte mit einer Bestimmtheit, die Madam Milde zu der Bemerkung veranlaßte: »Was ich fürchtete, ist eingetroffen. Ihr Charakter ist in jene gefahrvolle moderne Entwickelung getreten, gegen welche Bitten und Gründe nichts mehr vermögen.« Die Antwort, die Imagina auf ihre kurze und ausweichende Erklärung dringender und drohend in München empfing, beantwortete sie erst – von

Rom. Sie hatte von München aus die Weiterreise über den Brenner gewagt und war von allen Zuschauern des römischen Karnevals vielleicht diejenige, die, da ihr Herz gedrückt war, an dem Ausbruch jener berühmten Faschingsfreuden den geringsten Anteil nahm.

Im Frühjahr, durch neue Geldmittel aus ihrem mütterlichen Vermögen gesichert, besuchte sie Neapel. Es war ein heiterer südeuropäischer Zaubertag, als sie mit einem erprobten Führer die Reise auf den Vesuv wagte. Eine einzige dunkelblaue Azurdecke war der gewölbte Himmel. Dort das in Sonnenglanz schimmernde Meer, hier die grünen Gärten Parthenopes, begrenzt gegen Ost von einem leichten weißlichen Schleier, der die Nähe des feurigen Berges verriet. Wie Imagina von Portici aus in Windungen und Ringeln, reitend auf einem Maultier, allmählich aus dem Geräusch der lautesten und lärmendsten Stadt der Welt emporstieg, erst durch zahllose Landhäuser und Gärten kam, die mit ihren hochstämmigen Kaktus und Aloes auf den wie von der Sonne mürbe gebrannten Mauern bloß andeuteten, welche Fülle von Früchten und Blumen dort nur dem Eigentümer gehören sollten, welche berauschende Duftspende denn aber doch die Blumen der allgemeinen Luft als Würze abgeben mußten, wie die Gartenpracht dann allmählich dem ruhigem Frieden der schon grünen Öl- und Weinpflanzungen Platz machte, da mußte ihr im Anschauen des wunderbaren Himmelbaldachins wohl die Brust sich heben und ihre jugendlich kühne, freie Seele sich fragen: Wie ist das nur gekommen? Wie war das so alles möglich?

Nur die Steine des Weges, nur die Erläuterungen des mitteilsamen Führers, das Aufschreien und jeweilige Lamento der aus Sachsen mitgenommenen Dienerin weckten sie zuweilen aus ihren Träumen. Je näher sie dem Kegel des Berges kam, je wüster die Gegend, fernblickender das Auge wurde, desto beklemmender fielen die tausend oft mehr künstlich als freiwillig zurückgehaltenen Gedanken auf ihr Herz, und sie fühlte hier oben, in dieser Annäherung an eine Welt der Zerstörung, mächtiger, lastender denn je seit diesen sechs Monaten das Bewußtsein einer fürchterlichen Einsamkeit auf dieser großen Gotteswelt. So zerrissen, so mit Lava und Asche bedeckt wie dieser Monte Somma, war sie selbst in all ihrer Jugend, und so schreckhaft wie hier, hatte sie's im Gewühl der Welt da unten, in den Zerstreuungen des Reisens noch nicht gefühlt, was sie, aufrichtig gestanden, in träumender Gedankenlosigkeit und nur von einem stolzen Trotze gehoben, in so kurzer Zeit gewagt hatte. Sie näherte sich dem Krater des Vesuv. Schlacken und Zerstörung ringsum. Sie sah eine Ebene vor sich von gelblichgrün und rötlich schimmerndem Gestein. Die gewaltigen Schwefeldämpfe hatten sich durch das verbrannte Element Wege gerissen, und unter donnerndem Geräusch kündigte sich diesmal nicht eine, sondern drei sogenannte Bocchen oder Mündungen mit drohendem Rauch- und Steinauswurf an. Sie war nicht die einzige Besucherin des Berges. Mit einem scharfen Glase entdeckte sie an der ganzen Rundung des Kegels da und dort Maultiere und Fremde. Sie stieg ab. Sie hatte den Mut, auf dem unsichern, zerbrannten Boden in die sich senkende Fläche des Kegels hinabzusteigen. Unter ihr rollte und donnerte es wie von einem unterirdischen Titanenkampf herauf. Ein düsteres Grollen und Murren, ein plötzliches scheinbares Zucken des Bodens, das alles wurde ihr vom Führer als Vorboten einer in wenig Tagen eintreffenden massenhaften Eruption geschildert.

Wie die mutige junge, schöne Frau auf dem heißen Gestein sich ausruht und nur noch wenige hundert Schritte von der Hauptmündung entfernt ist, scheint ihr jemand aus dem Krater hervorzukriechen. Der Führer nannte ihn den Mutigsten, der seit lange hier oben gehaust hätte. »Ein Gelehrter ist es!« sagte er; »er sucht Steine und ist schon seit drei Tagen oben und übernachtet in San Salvatore.«

Imagina wagt sich näher. Der Fremde verschwindet. Plötzlich wirbelt die Rauchsäule dunkler, ein schwefelgelber Schein zuckt über dem Krater her, und wie eine Erscheinung der Hölle, glühend im Schein wie eine aufblitzende Flamme, steht Otto von Sudburg vor ihr.

Wie ihr wurde bei diesem Anblick, wußte sie selbst nicht mehr. Ohnmächtig sank sie in des Führers Arm und sammelte sich erst in San Salvatore, einer unfreundlichen Einsiedelei auf der Höhe des Berges. Als sie die Augen aufschlug, waren ihr Mädchen und Otto von Sudburg um sie beschäftigt. Mit heftiger Gebärde deutete sie auf Entfernung des Fremden. Dieser betrachtete sie mit schmerzlichem und freudigem Erstaunen zugleich. Sie wagte noch einen Blick, als er das enge Gemach verließ, um sich zu überzeugen, ob es wirklich Otto von Sudburg gewesen. Der Mineralog, der hier am Krater des Vesuv Studien zu machen schien, war in der Tat der blasse Fremde von der Schloßruine in Baden-Baden.

Die Gräfin erholte sich. Der Führer brachte Wasser. Sie war insoweit gestärkt, ihre Rückreise antreten zu können. Der Fremde harre vor der Tür, hieß es. Sie wagte nicht, die Einsiedelei zu verlassen, aber noch zögernd und schwankend erhielt sie vom Führer auf einem Blättchen Papier in französischer Sprache, mit Bleistift geschrieben, diese Worte: »Ich habe Sie in Rom verfehlt, in Neapel vergebens gesucht. Ein Ausflug auf den Vesuv sollte meiner Wissenschaft und dem Trost meines Herzens gelten. Ich muß Sie sprechen. Zu Ihren Füßen muß ich einige Fragen an Sie richten.«

Imagina, die nicht wußte, ob sie lebte oder träumte, hielt lange das Papier in Händen und betrachtete es wie ein unauflösliches Rätsel. Dann ermannte sie sich, zog einen Bleistift aus ihrem Portefeuille und schrieb mit zitternder Hand unter Ottos Worte französisch: »Nicht hier. Ich beschwöre Sie, mich ziehen zu lassen.«

Als der Führer das Papier hinausgetragen hatte, wartete sie noch eine Weile, und als sie hörte, der Fremde hätte den Weg zum Krater zurück eingeschlagen, verließ sie das unfreundliche Gemach, bestieg ihr Maultier und ritt bergabwärts, ohne auch nur einmal den Blick umzuwenden. Die sächsische Kammerjungfer war vorwitzig wie Lots Frau. Sie sah sich um. Schaudernd bereute sie ihren Frevel; der Fremde stand angeglüht von einer feuerdunkeln Rauchsäule am Rande des Kegels da wie ein Dämon der Hölle.

VIII

In Italien soll der Mensch immer im Freien leben. Das Zimmer ist in Italien nur der Schutz gegen die Launen des Himmels. Zu einem dauernden Aufenthalt bieten auch die italienischen Zimmer nichts Einladendes.

Glücklicherweise gab eine kleine Terrasse und ein darüber gespanntes Zeltdach dem Zimmer Imaginens im »Albergo della Santa Croce« ein wohnliches Aussehen, denn an und für sich war es, ohnehin in einem unbekannten Mittelgasthofe, ohne alle Bequemlichkeit. Am Tage nach der Vesuvpartie nahm Otto von Sudburg vor Imagina auf einem gebrechlichen alten Polsterstuhl noch aus spanischen Zeiten Platz, er voll innerer Bewegung, sie nicht minder in Verlegenheit. Eine Erörterung konnte nicht peinlicher angesponnen werden.

»Gräfin«, begann Otto von Sudburg mit zitternder Stimme, »wenn wir uns in diesem Augenblick, so wie jetzt, in einer Berliner oder Breslauer Gesellschaft gegenübersäßen, so würde man uns für die ausstudiertesten Heuchler halten, die nur je vor der Welt Komödie gespielt haben. Denn das wissen Sie doch, daß ich das Glück habe, oft mit Ihnen zusammen genannt zu werden?«

Imagina, die sich kaum fassen konnte, sagte leise irgendeine unverständliche Entgegnung. Als Otto schwieg und einen seelenvollen Blick auf die reizende junge Frau entsendete, sammelte sie sich und sagte: »Sie haben mir geschrieben, Sie hätten Fragen an mich zu richten. Und da ich bis jetzt selbst vermieden habe, nach Deutschland hin einige Antworten zu geben, die wahrscheinlich mit den von Ihnen beabsichtigten Fragen in Verbindung stehen, so habe ich mir, so peinlich es sein mußte, doch die entsetzliche Pflicht auferlegt, mit Ihnen über Dinge zu reden, an welche ich seit einem halben Jahre mich gezwungen habe, nicht einmal zu denken. Also! Welche Fragen haben Sie?«

»Gräfin«, fragte Sudburg, »ich bin wegen meiner Beziehungen zu Ihnen zur Rede gestellt worden; woher denn in aller Welt kennen Sie mich?«

Mit verlegener Miene, die sich zuletzt in einen schmerzlichen Zug auflöste, fragte sie nach einer Pause: »Haben Sie mich denn nie gesehen?«

»Ja! Zu Baden-Baden«, lautete die Antwort, »auf der Schloßruine, zuweilen im Konversationshause; flüchtige, auch freundliche Worte haben Sie mit mir gewechselt, unvergeßliche, aber ganz flüchtige. Desto befremdlicher war mir's, in Deutschland, von wo ich komme, überall zu hören, daß ich um das Glück beneidet werde, Sie sogar in Breslau schon gekannt zu haben!«

»Ihr Zartgefühl«, sagte Imagina, »macht einen langen Umweg, um zu dem zu kommen, was doch wohl eigentlich auf Ihrer Zunge schwebt.«

»Ja, Gräfin«, fuhr Otto ermutigter fort, »ich bin nicht nur um das Glück Ihrer Freundschaft, das ich nie genossen habe, beneidet, sondern sogar von einem ehrenwerten Mann, dem Landrat von Unruh, Ihrem Vater, zur Rede gestellt worden, wie ich mich unterstehen könnte ...«

»Wie«, fuhr Imagina erschrocken auf, »zur Rede gestellt?«

»Fürchten Sie keine feindliche Begegnung«, sagte Otto. »Ich habe einmal ein schaudervolles Unglück im Zweikampf gehabt. Seitdem drängte ich mich nicht mehr so hitzig dazu und ziehe jeder Gewalttat friedliche Verständigung vor. Aber denken Sie sich meine Lage, was ich nun antworten sollte auf Beschuldigungen, die mich von Ihrem Vater, auch von der Feodore Zaluska trafen.«

»Sie kennen Feodore, ich weiß es!« beantwortete sich selbst Imagina.

»Feodore Zaluska! Ja, ja, Gräfin! Das hatten Sie ganz richtig herausgebracht. Das ist Acedia, die siebente Todsünde!«

Das war zu grausam für Imagina. So hatte man ihre Geheimnisse mißbraucht, so selbst einen ihr wildfremden Mann in die tiefsten Gründe ihrer Seele blicken lassen! Sie sprang an den Balkon, um Luft zu schöpfen, sie hätte über ganz Neapel hinweg vor Schmerz aufschreien mögen, sich die Brust zersprengen, sterben – und erst den Worten Ottos: »Fürchten Sie aber nichts, Gräfin! Nur die dunkelste, die verworrenste Vorstellung habe ich von diesen Märchenträumen!« gelang es, sie zur Besinnung zurückzuführen.

Als sich die so schmählich Verratene wieder auf dem Sofa niedergelassen hatte, auf dem sie vor ihrem Besuch gesessen, fuhr dieser fort: »Ich hörte von einem Tagebuch, einem Gedicht, einem Roman, in dem meine Person Ihnen durch einen Zufall wert genug erschienen ist, daß Sie mich nannten. Man hat mir einige Stellen daraus mitgeteilt, die ich für Erfindung halten muß, und doch, Gräfin, sind diese Stellen so im Einklang mit der innersten Entwickelung meines Lebens, daß mein Erschrecken, als ich sie las, mein Zittern, mein Beben erneuten Verdacht gegen Sie erregen mußte und ich einer förmlichen gerichtlichen Vernehmung nur durch plötzliche Abreise von Breslau entgangen bin.«

»Sprachen Sie meinen Gatten?« fragte Imagina, die den Scheidungsprozeß im Gange wußte, im Ton der Vernichtung.

»Niemals«, berichtete Otto. »Er war den ganzem Winter in Berlin. Sie wissen, daß er in Baden das Wort gegeben hatte, den Winter in Berlin zuzubringen.«

»Das Wort gegeben? Wem?«

»Wem anders als Feodoren?«

Imagina hatte inzwischen Welt genug gesehen, um durch diese Erwiderung nicht überrascht zu werden. Und doch erschütterte sie die Bestätigung ihrer Ahnung.

»Feodore Zaluska ist meine Nebenbuhlerin«, sprach sie gefaßt.

»Acedia!« sagte Otto mit gezogenem Ton und einstimmend in das schmerzlich lächelnde Erstaunen der Hörerin, die denn nun doch fragen mußte: »Warum trifft auch für Sie diese Bezeichnung zu?«

»Wenn diese Frau nicht die Gattin des Grafen von Wartenberg wird, wird sie die meinige!«

Imagina sah den jungen Mann starr an. »Was ist das? Sie könnten sich eine Frau erwählen, die im Begriff ist, Sie zu verraten?« sagte sie.

Otto schwieg, stützte sein Haupt auf die Lehne des Sessels und sagte: »Oh, das sind dunkle Lebenswege!«

»Aber klären Sie mich darüber auf!« drängte Imagina, und als Otto noch immer schwieg, fragte sie: »Sie lieben Feodoren?«

»Nicht mehr!« sprach Otto von Sudburg bestimmt, und ein tiefer Seufzer entrang sich seiner Brust. »Oh, daß ich erlöst würde«, fuhr er nach einer Weile fort, »von Qualen, die mein Leben zu zerstören drohen! Hören Sie, wie ein junges Herz in die Strudel des Lebens geraten kann! Hören Sie ein aufrichtiges Bekenntnis und verzeihen Sie, wenn Ihr reines Ohr durch Mitteilung von Verhältnissen beleidigt wird, deren Möglichkeit Sie in Ihren mir rätselhaften Badener Blättern dichterisch geahnt haben. Ich bin«, fuhr der junge, interessante Mann nach einiger Sammlung fort, »in Siebenbürgen geboren und von meinem Vater, einem Nachkommen der vor Jahrhunderten in jene Karpatenländer eingewanderten Deutschen, zum Bergbau bestimmt. In Breslau studierte ich Mineralogie und vervollkommnete mich zu Freiberg in Sachsen für meinen künftigen Beruf. Hier auf der Akademie war es, wo ich ewige Freundschaft mit einem jungen, liebenswürdigen, aber sehr leichtsinnigen Polen, von Zaluski, schloß. Nach Kronstadt in Siebenbürgen zurückkehrend, trat ich die Erbschaft meines inzwischen verstorbenen Vaters an und machte dann eine meiner Wissenschaft gewidmete größere Reise durch Europa. Aber in Wien angekommen, fesselten mich sogleich die Reize des Vergnügens und mehr als alles mein Freund Zaluski, der sich seit drei Jahren mit einer allbewunderten jungen, liebenswürdigen Kurländerin, Feodore, verheiratet hatte. Nach wenig Wochen hatte Zaluski einen vollkommen begründeten Argwohn gegen die Treue seiner Frau und seines Freundes. Ich war verblendet genug, die gerechte Ursache seiner Eifersucht zu sein. Zaluski spielte. Die mit rasch gefolgten zwei Kindern einsam gelassene, vergnügungssüchtige junge Frau wurde von mir besucht, bis eines Tages Zaluski, unmutig über größer und größer werdende Verluste, die ihm sein ganzes Vermögen raubten, uns überraschte und in seinem Zorn mich so beleidigte, daß wir uns schossen. Ich, der Schuldige, verwundete ihn tödlich! Sterbend legte er meine Hand in die Hand Feodorens, nahm mir einen feierlichen Schwur ab und verschied. Dieser Schwur lautete, entweder Feodoren sogleich oder nach Ablauf von fünf Jahren in dem Falle zu heiraten, daß für sie und die

Zukunft seiner Kinder dann noch nicht beruhigend gesorgt wäre. Wir gaben diese Kleinen in Pension und reisten von Wien ab. Der dunkle Schatten des gemordeten Freundes verfolgte mich ruhelos, dennoch verheirateten wir uns nicht. Feodorens Charakter entwickelte sich zu unglaublichem Leichtsinn. Ich selbst, in meiner Moralität geknickt, vermochte ihr keinen andern Anhalt zu bieten, als daß wir zusammen in Paris, London, Turin und einigen Teilen Deutschlands ein Leben geführt haben, das ich Ihnen nicht schildern darf. Erwägen Sie nur dies eine, daß ich mein Vermögen verausgabt hatte und zwei Jahre nur vom Spiel lebte, bald darbend wie ein Bettler, bald das vergeudend, was ein glücklicher Zufall gespendet hatte. Von Treue war bei Feodorens Charakter nicht die Rede, auch bei meinem nicht. Wir trennten, wir vereinigten uns, wie die Umstände es gaben. Oft habe ich Gott auf den Knien gedankt, wenn ich von ihrer nagenden, verzehrenden Nähe befreit war! Dann warf ich mich mit Leidenschaft in wissenschaftliche, mich noch immer fesselnde Tätigkeit, machte kleine Reisen in merkwürdige Gebirgsformationen und kam mir wieder wie verjüngt, wie rein und edel vor! Plötzlich aber stand Feodore vor mir, und die Macht ihres Zaubers auf mich war und ist so groß – daß selbst jetzt – nein, nein, unmöglich, jetzt nicht mehr! Nachdem ich in Ihnen eine reinere Frauennatur kennengelernt habe, kann mich ein solches Wesen nicht mehr fesseln. Wohl gedenke ich des Augenblicks, als ich mir auf der Schloßruine sagte: Wer ist dieses sanfte, himmlisch milde Mädchen! Denn daß Sie eine verheiratete Frau sein könnten, Sie zu der wilden Gesellschaft unter den Eichbäumen gehörten, wäre mir nicht im Traum eingefallen! Feodore trat uns entgegen. Erinnern Sie sich noch? Das Glas entsank ihrer Hand. Sie hatte nicht geglaubt, daß ich von Paris, wo wir uns nach einer heftigen Szene trennten, ihr je wieder folgen könnte. Aber so ängstlich, so zärtlich war meine Sorge um sie, daß ich zitterte, sie könnte vielleicht darben, die Kinder könnten es, und was hatte ich selbst ihr und ihnen zu geben? Ich mußte spielen. Ich war nicht glücklich in Baden. Einsam streifte ich oft in den Bergen umher und saß verzweifelnd auf einem Steine, während Feodore in der Gesellschaft lachte und tändelte. Und dennoch liebte sie mich! Ich wußte, daß unter allen Umständen ich vor jeder andern Verbindung den ersten Platz behielt. Das sah ich, als ich eines Abends zu ihr trat und eine nach vielem Mißgeschick endlich mühsam erspielte Summe vor ihr auf den

Tisch rollte. Hätte ich ahnen können, daß Sie damals vielleicht den Klang dieses Goldes hörten! ›Otto‹, sagte an jenem Abend Feodore sicher und fest zu mir, ›ich nehme dies zum letzten Mal von dir, aber ich gelobe, daß wir uns nun für immer trennen!‹ Zornig loderte ich auf. ›Beruhige dich‹, antwortete sie, ›mein Herz wird dir bleiben, aber meine Hand gedenke ich in die eines Mannes zu legen, der spätestens in einem Jahre von einem in keiner Hinsicht für ihn passenden Verhältnisse frei geworden sein wird. Sie nannte mir den Namen Ihres Gatten, eines jungen Mannes, dessen gutmütigen, aber unbedeutenden Sinn ich schon auf der Universität kannte, einen Bequemlichkeitsmenschen, der eine Frau nur zu seiner Unterhaltung haben will, und mit dem allerdings die ewig aufgeregte und andere aufregende Feodore besser stimmt als mit einem Wesen, das selbst Aufmerksamkeit und Liebe verlangt. Dieser Erklärung setzte ich noch in meiner damaligen Verblendung die heftigsten Einsprüche entgegen. Da aber Graf Wartenberg reich ist und durch ihn für meines unglücklich geopferten Freundes Zaluski Kinder am väterlichsten gesorgt werden kann, so sah ich allmählich dieser Schicksalswendung mit stumpfer Gleichgültigkeit zu, bis ich Andeutungen einer sonderbaren Beziehung erhielt, die ich selbst mit Ihnen unterhalten sollte! Feodore, die nicht ahnte, daß die Ursache eines wirklichen Bruches des von ihr untergrabenen Bundes ich selbst werden konnte, wurde von der heftigsten Eifersucht ergriffen, schrieb mir alles, was in Ihrem Lebenskreise geschehen war, und verzweifelte über eben das, worüber sie doch triumphieren konnte. Ich hatte zur Vervollständigung meiner geognostischen Studien noch Sizilien zu bereisen und gelobte mir, nicht eher zu ruhen, bis ich in Ihre Nähe kam, Sie sähe, Ihnen ... doch es ist gelungen, ich sehe Sie – in demselben Augenblicke, wo mein Los dahin entschieden ist, jetzt vielleicht doch Feodoren zu meiner Gattin nehmen zu müssen.«

»Und warum das?« fragte Imagina hastig.

»Ist Ihnen unbekannt geblieben«, fuhr Otto von Sudburg fort, »daß Ihres Gatten Trennung von Ihnen an unübersteigbare Hindernisse gebunden ist? Der Staat scheidet nicht ohne einen vom Gesetz vorhergesehenen Grund, der den fernem Bestand des ehelichen Friedens unmöglich macht. Der Advokat, der Ihre Sache führt, erklärt Ihre Tagebuchblätter für eine Phantasie, für eine dichterische

Eingebung, und beweist durch die geschicktesten Entwickelungen Ihres Geistes und eines schon früh sich zeigenden Talents, daß Sie einen Roman zu schreiben beabsichtigten, den Sie selbst nicht erlebt hätten. Ihre eigenen Erklärungen sind so ausweichender Natur gewesen, daß kein Zeugnis einer gegen den Grafen bewiesenen Untreue vorliegt, und die Trennung findet unter diesen Umständen um so weniger statt, als sich der Graf bei seiner Anwesenheit in Berlin überzeugt hat, wie ungern der Hof, dem er vorgestellt wurde, von Ehetrennungen innerhalb der hervorragenden Gesellschaftssphäre hören will. Die Aussicht, den Kammerherrntitel zu erhalten, ist ihm zu lieb, daß er noch wagen dürfte, in dieser Sache weiter zu gehen, als seine Ehre verlangt. Feodore resigniert, Gräfin von Wartenberg zu werden, und mein dem sterbenden Freund gegebenes Gelübde zwingt mich, den Irrfahrten seiner Gattin und der bedrohten Zukunft seiner Kinder fünf Jahre nach seinem Tode dadurch ein Ende zu machen, daß ich mein Wort erfülle, in meine Heimat zurückkehre und einen Bund fürs Leben schließe, der, ich ahne es, die Quelle noch der unsäglichsten Leiden für mich werden wird, vielleicht mein früher Tod.«

Imagina sah den jungen Mann voll Mitleid an.

»Es wird sich der Fluch meines Lebens erfüllen«, rief Otto schmerzlich aus. »Hinschmachten werde ich in den Fesseln dieses dämonischen Weibes, das den Zauber besitzt, mitten in ihren Herzlosigkeiten mich wieder an sich zu fesseln. Ein elendes Leben werde ich hinbringen an der Seite einer Frau, der der Friede meiner Heimat, der Beruf meiner Existenz nie genügen wird. Fort vom heimischen Herde wird sie mich führen, in alle Strudel eines wilden, genußsüchtigen Lebens wieder stürzen; ich werde entweder den unterirdischen Gewalten oder in einem Moment der Verzweiflung dem Nichts verfallen.«

Imagina warf einen langen, mitleidsvollen Blick auf den jungen, an Schwäche des Herzens leidenden Mann, dem der Gram schon bedenkliche Furchen über die edle hohe Stirn gezogen hatte. Ein gewaltiger Entschluß kämpfte in ihr, dann erhob sie sich, sagte, Otto möchte eine Weile in den auf dem Tische liegenden Zeichnungen blättern, und versprach, das Zimmer verlassend, in wenigen Augenblicken zurückzukehren.

Otto sah sie im Nebenzimmer verschwinden und, überwältigt von ihrem Zauber, breitete er die Arme hinter ihr aus ins Leere. So blieb er eine Weile wie ein Verzückter stehen und sank erschöpft auf seinen Sessel zurück.

Es währte lange, bis Imagina zurückkehrte. Er griff nach einem kleinen Portefeuille und blätterte in den zierlichen, saubern Bleistiftskizzen. Ein phantastisches Blatt fesselte ihn. Von sinnigen Arabesken eingerahmt, sah er ein Mädchen, das der Gräfin glich, in einem Schachte schlummern. Ein Engel schwebte ihr zu Häupten und deutete mit einem Lilienstengel an die Felsenwand, die sich zu öffnen schien, denn der kluge Kopf eines Zwergen lauschte aus ihr hervor. Er schlug um. Hier war dasselbe Mädchen gezeichnet in einer Stalaktitengrotte, lauschend hinter einem förmlichen Strauch von sauber und richtig ausgeführten Erzblumen, lauschend einer Versammlung des Königs der Elfen. Ein drittes Blatt enthielt dieselbe Szene, aber dem gekrönten Haupte stand in Flammen ein Riese gegenüber, der, umgeben von Teufelslarven, in Verhandlungen mit den guten Geistern begriffen schien. Für das Verständnis des einzelnen fehlte ihm der Schlüssel, aber ein Student im altdeutschen Rock rief ihm seine Breslauer Jugendzeit zurück! Als er in den Arabesken die charakteristisch angedeuteten sieben Todsünden erkannte, fiel es ihm heiß aufs Herz. Er sah sich auf einem andern Blatt als Spieler, sah sich irrend im Gebirge und Steine suchen, sah sich auf der Schloßruine, und immer deuteten die um die Zeichnung gaukelnden Arabesken, diese kleinen Larven und Tiere und Metalle und Figuren, den Zusammenhang der sinnigen Geschichte an. Auf jedem Blatte hatte der Fürst der Hölle eine seiner Todsünden schon zurückerhalten, bis nur noch die letzte in der Gewalt seines bekümmerten Vaters blieb, Acedia, die blasierte Herzensgleichgültigkeit, das leibhafte Antlitz Feodore Zaluskas.

In dem Augenblicke, als er schaudernd die Macht seines Schicksals fühlte, kehrte Imagina zurück, zeigte ihm einen eben versiegelten Brief und sagte: »Lesen Sie diese Abschrift, die ich zurückbehalten.« Otto las: »An den Justizrat D. in Breslau. Ew. Wohlgeboren geb ich hiermit nach langem und hoffentlich nicht zu spät kommendem Zögern die Erklärung, daß ich meinen Rechtsanwalt beauftragen werde, die Form seiner bisherigen Verteidigung fallenzulassen. Ich fühle mich des gegen mich erhobenen Verdachts schuldig und ersuche Sie, auf Grund einer von mir begangenen Untreue, die ich eingestehe, den Richter zu bestimmen, mich vom Grafen von Wartenberg, wie er gleich anfangs gewünscht, zu scheiden. Mit Achtung zeichnend, Imagina von Unruh.«

Otto übersah die Folgen dieser hochherzigen Erklärung. Besinnungslos hielt er das Papier in der Hand und stammelte unhörbar: »Gerechter Gott, Sie könnten ...? Imagina!« rief er überwältigt und stürzte der Gräfin zu Füßen.

»Das nicht!« sagte die im Charakter seit Monaten gefestigte Frau. »Es genügt, daß Sie frei sind, Otto von Sudburg, Sie haben das Gelübde an Ihren sterbenden Freund gelöst. Feodore wird die Gräfin von Wartenberg werden! Ziehen Sie jetzt in Ihre Berge, werfen Sie sich an das Herz der guten Mutter Erde, werden Sie in Ihrem Beruf wieder jung, werden Sie wieder hoffnungsvoll, werden Sie ein Mann!«

Der also Angeredete erhob sich und konnte in seinem Auge die Tränen nicht verbergen. »Das Gedicht dieser Blätter wollen Sie nicht völlig wahr machen?« fragte er; »Ihr Herz soll dem nicht gehören, von dem es träumte?«

Mit verklärtem, heiligem Lächeln antwortete Imagina: »Es muß ja nicht alles hienieden irdisch abschließen! Was ist es denn, das uns zusammenführte? Sagte ich denn: ein leerer Traum? Nein, ich glaube an eine Geisterwelt, an der wir selbst einst teilnehmen werden. Ich glaube, daß Millionen Neigungen und Empfindungen unsichtbar in den Lüften schweben und holdselige Amoretten oft mit ihren Rosenbanden Wesen verflechten, die in der sichtbaren Welt stumm und kalt aneinander vorübergehen müssen. Dort dereinst treten diese verborgenen Freuden und Leiden, diese ungestandenen Neigungen ebenso in eine ungeahnte neue Wirklichkeit, wie, zur Strafe freilich, mancher hier zurückgehaltene böse Haß und Groll, manche Lüge und Verstellung. Aber für diese Welt leben Sie nun wohl!«

Als der stürmische Bewerber nicht nachgeben, nicht in seinen Bitten um Liebe sich mäßigen konnte, da kam ihr ein heiliger Gesang zu Hülfe, der die Straße herauftönte. Eine glänzende, feierliche Prozession wallte einer nahegelegenen Marienkirche zu, und in den heiligen Klängen, die der himmlischen Liebe geweiht waren, mußten die Bitten der irdischen verstummen. Imagina trat hinaus, neigte ihr Haupt auf die Lehne des Balkons, kniete, und da sie im Gebet verharrte, solange Otto blieb, da sie nicht wieder aufsah und er nicht wagte, ein Wesen, das ihn gerettet hatte, von ihrer stillen Andacht abzuziehen, so trat er nur noch leise zu ihr heran, sagte: »Imagina, ich hoffe auf die Zukunft!« und entfernte sich feierlich wie aus einem Gotteshause.

Als er fort war, atmete Imagina wie befreit auf und bereitete ihre Rückreise nach Rom vor, wo sie seither, bald darauf wirklich vom Grafen Wartenberg, der Feodoren heiratete, geschieden, nur der Kunst lebt.

Über tredition

Eigenes Buch veröffentlichen

tredition wurde 2006 in Hamburg gegründet und hat seither mehrere tausend Buchtitel veröffentlicht. Autoren veröffentlichen in wenigen leichten Schritten gedruckte Bücher, e-Books und audio-Books. tredition hat das Ziel, die beste und fairste Veröffentlichungsmöglichkeit für Autoren zu bieten.

tredition wurde mit der Erkenntnis gegründet, dass nur etwa jedes 200. bei Verlagen eingereichte Manuskript veröffentlicht wird. Dabei hat jedes Buch seinen Markt, also seine Leser. tredition sorgt dafür, dass für jedes Buch die Leserschaft auch erreicht wird.

Im einzigartigen Literatur-Netzwerk von tredition bieten zahlreiche Literatur-Partner (das sind Lektoren, Übersetzer, Hörbuchsprecher und Illustratoren) ihre Dienstleistung an, um Manuskripte zu verbessern oder die Vielfalt zu erhöhen. Autoren vereinbaren direkt mit den Literatur-Partnern die Konditionen ihrer Zusammenarbeit und partizipieren gemeinsam am Erfolg des Buches.

Das gesamte Verlagsprogramm von tredition ist bei allen stationären Buchhandlungen und Online-Buchhändlern wie z. B. Amazon erhältlich. e-Books stehen bei den führenden Online-Portalen (z. B. iBookstore von Apple oder Kindle von Amazon) zum Verkauf.

Einfach leicht ein Buch veröffentlichen: **www.tredition.de**

Eigene Buchreihe oder eigenen Verlag gründen

Seit 2009 bietet tredition sein Verlagskonzept auch als sogenanntes "White-Label" an. Das bedeutet, dass andere Unternehmen, Institutionen und Personen risikofrei und unkompliziert selbst zum Herausgeber von Büchern und Buchreihen unter eigener Marke werden können. tredition übernimmt dabei das komplette Herstellungs- und Distributionsrisiko.

Zahlreiche Zeitschriften-, Zeitungs- und Buchverlage, Universitäten, Forschungseinrichtungen u.v.m. nutzen diese Dienstleistung von tredition, um unter eigener Marke ohne Risiko Bücher zu verlegen.

Alle Informationen im Internet: **www.tredition.de/fuer-verlage**

tredition wurde mit mehreren Innovationspreisen ausgezeichnet, u. a. mit dem Webfuture Award und dem Innovationspreis der Buch Digitale.

tredition ist Mitglied im Börsenverein des Deutschen Buchhandels.

Dieses Werk elektronisch lesen

Dieses Werk ist Teil der Gutenberg-DE Edition DVD. Diese enthält das komplette Archiv des Projekt Gutenberg-DE. Die DVD ist im Internet erhältlich auf **http://gutenbergshop.abc.de**

Zeitfracht Medien GmbH
Ferdinand-Jühlke-Straße 7
99095 Erfurt, Deutschland
produktsicherheit@kolibri360.de